GERHART HAUPTMANN

# DER SCHUSS IM PARK

NOVELLE



MIT EINEM NACHWORT VON
KURT LOTHAR TANK

PHILIPP RECLAM JUN. STUTTGART

Der Text folgt: Gerhart Hauptmann: Das gesammelte Werk. Ausgabe letzter Hand. Erste Abteilung. Fünfzehnter Band. Berlin: S. Fischer, 1942.

Universal-Bibliothek Nr. 8672

Satz: Baumgarten, Esslingen/N. Druck und Bindung: Reclam, Ditzingen
Printed in Germany 1993

ISBN 3-15-008672-8

# I

Eines schönen Herbstmorgens kam mir der Gedanke, einen alten Onkel zu besuchen, den ich seit zwanzig Jahren nicht gesehen hatte. Es war die Zeit des Zweirads. Automobile machten die Straßen noch nicht unsicher. Ich wohnte damals etwa achthundert Meter über dem Meeresspiegel im Riesengebirge, mein Onkel dagegen an seinem Fuß, und zwar in Jauer, einer alten schlesischen Stadt. Ich bestieg mein Zweirad und ließ es bergab laufen.

Das tat es nun wohl zwei bis drei Stunden lang.

Was bei der leichten Bewegung an frischer Bergluft in meine Lungen drang, was an landschaftlicher Schönheit und Weite überall meine Augen entzückte, erneuerte mich und gab meinem wohl ein wenig belasteten Geist die Befreiung, die er gesucht hatte.

Ich fand meinen Onkel in seinem Herbarium. Der Forstmann, über die Siebzig hinaus, befand sich seit kaum einem Jahr im Ruhestand. Bis dahin war er Förster, Oberförster, zuletzt Verwalter eines mächtigen Güterkomplexes des Fürsten P. an der polnischen Grenze.

Seine Freude über mein Kommen war groß.

Es gingen von ihm, nicht nur im Familienkreise, allerlei Geschichten um, die ihn als Original kennzeichneten und übrigens seinen Humor und seinen Appetit zum Gegenstand hatten. Was nun den Humor betraf, so funkelte er noch jetzt aus seinen hervorgequollenen Augen, obgleich dabei die Züge um seinen Mund nicht mitsprechen konnten, da sie von einem immer noch rötlichen, gewaltigen Vollbart verdeckt waren.

Nachdem, immer unter einem trompetenden Lachen, die Zeremonie des Wiedersehens erledigt war und ich seine seit dreißig Jahren gelähmte Frau, Tante Ida, begrüßt hatte, wurde – es war gegen elf Uhr am Vormittag – im Herbar eine Flasche Burgunder geöffnet; wir setzten uns nieder und stießen an.

Der Onkel, im Familienkreis Adolf genannt, war ein großer Botaniker, als Weiden- und Rosenforscher bekannt. „Siehst du, mein lieber Neffe", sagte er, auf die Regale weisend, die alle vier Wände des kleinen Zimmers bedeckten und in denen, zwischen Bündeln von grauen Löschblättern, seine Sammlung getrockneter Pflanzen verborgen lag, „siehst du, mein lieber Neffe, das ist alles, was mir von einem langen Leben geblieben ist. Ich war ja allerlei anderes gewöhnt: Auerhähne schießen, Hirsche, Dachse, Luchse, Füchse, wie man sagt; Holzschläge kontrollieren, in die Kreisstädte fahren und die Verkäufe bewerkstelligen, und so fort und so fort. Als junger Leibjäger, wie du ja weißt, bin ich mit dem Bruder meines Fürsten – er nannte sich van der Diemen – herumgereist. Ich war sogar mit ihm in Afrika und habe dort Antilopen geschossen, einmal sogar einen Wasserbock. Auch sonst, lieber Neffe, war ich nicht faul. Ich habe mich, Gott sei Dank, tüchtig 'rangehalten. Nein, das muß wahr sein, mir haben's die hübschen Mädels nicht schwergemacht. Beinah war es zuviel, doch man hatte ja eben was zuzusetzen ... nun, wie gesagt: geblieben ist das Herbarium."

„Getrocknete Blumen", sagte ich, „das ist ja wohl immer alles, was bleibt."

„Nein, lieber Konrad, das meine ich nicht. Sieh mal: Jauer bietet mir nichts. Ich kenne hier niemand und will niemand kennenlernen. Ich gehe nicht aus, ich meine, in keine Gesellschaft und kein Lokal. Man könnte vielleicht den Eindruck gewinnen, daß ich hier verlassen und trostlos vereinsamt mein Ende erwarte. Nun, sieh mal hierher, betrachte dir diese Briefschaften! Ich stehe in Verbindung mit Botanikern aller Welt. Hier hast du ein Schreiben aus Paris, das ist aus Wien, andere kommen aus Rom, Prag, Budapest, da ist eine Sendung aus Athen, hier eine aus Christiania, und so fort und so fort. Überallher kommen getrocknete Pflanzen und erzählen mir von ihren Standorten. So sitze ich hier und klettere bald in den Felsen an einem norwegischen Fjord herum oder am Col di Tenda, wo ich aufs Mittelmeer niederblicke; eines Morgens streiche ich auf einer Donauinsel umher, am andern Tage bin ich vielleicht auf Java gelandet. Meine Freizügigkeit geht sogar bis Tokio; in Tibet selbst unterhalte ich Beziehungen."

Als wir die erste Flasche Wein vertilgt hatten und mein Onkel die zweite entkorkte, wußte ich, daß er ein Krater war, der ununterbrochen aus den Tiefen seiner Vergangenheit, gleichsam achtlos, Schätze emporschleuderte. Das tat er, obgleich er am Sprechen merklich behindert war und wieder und wieder nach Atem ringen mußte. Die Tage des Onkels waren bemessen, zufolge der heimlichen Nachrichten, die sich im Kreis der Verwandten herumsprachen, und einer schlimmen Prognose, die eine Autorität gestellt hatte. Wie seltsam, daß die gelähmte Frau aller Voraussicht nach ihren zeitlebens von gesunden Kräften strotzenden Mann wahrscheinlich überleben würde!

Trotzdem war es nicht möglich, diesem unverwüstlich fröhlichen Mann gegenüber anders als fröhlich zu sein. Etwas wie Furcht vor einem nahen Ende bemerkte man nicht. Er schien seiner Atemnot nicht zu achten. Er behandelte sie wie ein widerspenstiges Tier, das man mit einigem Aufwand zur Räson bringen muß. Nachdem er mir noch ein Faszikel geöffnet und die zahllosen Verbastardierungen einer Distel gezeigt und erklärt hatte, fragte er, ob es mir recht sei, ihn bei seinem ärztlich befohlenen kurzen Morgenspaziergang zu begleiten.

Die Wohnung des Onkels lag am Markt, der nur wenig Bewegung zeigte. Die alten Gebäude, Rathaus, Kirche und dergleichen, die ihn begrenzten, schliefen ringsherum. Sie schraken nur scheinbar auf, wenn mit ohrenbetäubendem Lärm ein Wagen über das Pflaster rumpelte. Wir bogen in irgendeine Gasse, die irgendwohin führte und sich auf einen Friedhof öffnete. Die Straße setzte sich dann zwischen Grabhügeln fort, Grabtafeln aller Art aus Stein und Metall, Kreuzen aus gleichem Material oder auch aus Holz, nur mit Inschriften oder mit dem Kruzifixus daran. Die Hügel waren mit Efeu bedeckt, da und dort von Zypressen bewacht; ein frisches Grab lag unter einem Haufen von Kränzen.

Ich hatte meinen Onkel wieder auf seine Reise mit van der Diemen gebracht, über die im Verwandtenkreise manches im Schwange ging, und konnte zu meiner Freude bemerken, daß mein Interesse an diesem Thema dem seinen entgegenkam. Die Art, wie er sich darüber verbreitete, bewies, wie gern er sich dieser Epoche erinnerte.

Ich weiß nicht, was sich die Leute gedacht haben, die im Vorübergehen zuhörten, wie der alte Rotbart immer wieder stillestand und trompetete und dann wieder nach Atem rang und ich mich dabei vor Lachen bog: zwei Schritt von den Kränzen und Schleifen des frischen Grabhügels.

„Ach“, rief er, „was war das für eine Zeit! Wenn ich alles in allem nehme: unsere Besuche auf den Schlössern in Ungarn bleiben doch der Höhepunkt.

Donnerwetter, Konrad, ich bin auch kein übler Kerl gewesen! So'n Leibjäger, alias Adjutant, muß irgend etwas sein. Mit einem Schneidergesellen läßt sich auf solchem Posten kein Staat machen. Wir standen sehr gut, der Graf und ich, schließlich waren wir drei Jahre zu zweien. Es ist nicht zu leugnen, daß man manchmal was Ähnliches wie Kammerdiener ist. Aber doch nur was Ähnliches. Ich war van der Diemens Reisemarschall. In Afrika wuchs sich der Posten beträchtlich aus. Ich befehligte schockweise Eingeborene. Ich stand ihm auch wissenschaftlich nicht nach. Als Jäger war ich ihm überlegen. Einmal hab ich sogar sein Leben gerettet. Er hatte ein Nashorn angeschossen. Es nahm ihn an, er war verloren, hätte ich das Luder nicht mit einigen gutsitzenden Kugeln zur Strecke gebracht."

Er kam ins Lachen, und ich merkte, daß dieser unaufhaltsame Ausbruch seiner Heiterkeit sich auf etwas bezog, was in seiner Erinnerung eben auftauchte.

„Ja, Ungarn, Ungarn!" sagte er. „Wir trafen in der Nähe von Szegedin auf der Poststation ein. Ein Wagen des Fürsten X. wartete auf dem Vorplatz. Es war eine windige, offene Karrete mit drei Pferden davor. Der Ungar in Nationaltracht, der das Gespann lenkte, lehnte den Rücken an unsere Knie. Die ganze Geschichte war nicht sehr einladend. Wir sahen uns recht bedenklich an, van der Diemen und ich, aber schon war es losgegangen. Ja, losgehen ist das richtige Wort. Eine Flinte geht los, und so unser Wagen. Der Ungar hieb auf die Pferde ein, und es ging in Karriere vom Flecke weg. Es war wie ein Kutschbock, auf dem wir saßen. Wir klammerten uns an die niedrigen Eisenstäbe an. Wir dachten, die Pferde sind durchgegangen. Was sollten wir anderes denken? Nichts. Und wir dachten auch nichts, als daß wir nun bald überhaupt nichts mehr denken würden. So befahlen wir unsere Seelen Gott. Denn in der Tat waren die Gäule durchgegangen. Es waren Teufel und sahen wie Himmelsziegen aus. Natürlich verließen sie den Weg und rasten ziellos in die Pußta hinein. Pferde, die durchgehen, haben kein Ziel. Bodensenkungen, Gräben bildeten ihnen kein Hindernis. Seltsamerweise: der Wagen hielt aus, er zerbrach nicht in tausend Stücke. Wir wurden in die Luft geworfen, kamen aber, wie durch ein Wunder, mit dem Hintern wieder auf unseren luftigen Kutschbock zurück."

Der Onkel schwieg und rang lachend in heftiger Atemnot.

„Donnerwetter, das war eine Fahrt!" fuhr der Onkel fort. „Allmählich begriffen wir, daß wir uns geirrt hatten: so drauflos zu preschen und zu kaleschen war hier der übliche Schnellpostbetrieb. So klammerten wir uns krampfhaft fest und waren denn auch, als das Schloß in der Ferne auftauchte, noch nicht über Bord. War nun der Schlag einer Uhr herübergedrungen, und glaubte der Kutscher vielleicht sich verspätet zu haben, kurz, er peitschte nun erst recht auf die Pferde ein, so daß wir unsere Geschwindigkeit verdoppelten. ‚Er hat sie geweckt!' brüllte mein Graf mich an, ‚denn sie haben ja wirklich bis jetzt geschlafen.' Endlich rasten wir mit unverminderter Schnelligkeit durch eine lange Pappelallee, rauschten durch den ersten, den zweiten Torbau in einen weiten Hof des gewaltigen Schlosses hinein, in dessen einem Winkel vor dem Eingang des Treppenhauses unser fürstlicher Gastgeber mit einer Menge vornehmer Gäste, Herren und Damen, auf uns wartete. Gott sei Dank verlangsamte nun unser Rosselenker mehr und mehr die Fahrt. Aber als wir dachten, er würde nun halten, und wir könnten aussteigen, fuhr er den Gästen im Hof zwei oder drei kunstreiche Achten vor. Dies war eine Probe seiner Kunst, die wir gewiß mit dem gleichen Wohlwollen wie die Zuschauer betrachtet hätten, wären wir nur von der schauderhaften Karrete, mit der sie ausgeführt wurde, herunter gewesen. So balancierte der Wagen bald auf den zwei Rädern der rechten, bald auf der linken Seite, wir prallten gegeneinander an, und es ist nur natürlich, daß wir dabei keine gute Figur machten. Diese Sache jedoch schien hier üblich zu sein, denn die Tragikomik wurde – das merkten wir, als wir endlich ausstiegen – von der Gesellschaft nicht empfunden.

Auf diesem Schloß", fuhr der Onkel fort, „haben wir dann acht Tage gelebt, und ich will nicht mit Vornamen Adolf heißen, wenn ich in dieser Woche auch nur zwölf Stunden ruhig geschlafen habe. Du bist ja verheiratet, lieber Konrad, und nicht zimperlich: In meinem Zimmer standen statt des Trinkwassers gefüllte blinkende Karaffen mit rotem und weißem Wein. Am Morgen nach der ersten Nacht – halte mich meinethalben für einen Aufschneider: Es war die einzige, die ich allein in meinem Bett zubrachte –, also am ersten Morgen, nachdem ich geklingelt hatte, brachten einige Diener mein Frühstück herein. Konrad, wahrhaftig, ich mußte mich festhalten. Schließlich brach ich, ich konnte mir anders bei diesem Eindruck nicht helfen, in ein den Dienern völlig befremdliches Lachen aus. In großen silbernen Kannen wurde mir Kaffee und Schokolade serviert, Tee in chinesischem Porzellan, gekochte Eier, unter dem Dutzend ging es nicht, kalter gekochter Schinken, Rebhuhn, Fasan, Honig und allerlei Marmeladen, drei- oder viererlei Gebäck, allerhand Kuchen, was weiß ich.

Nun, Konrad, ich ließ mich nicht lange bitten, ein Kostverächter bin ich noch heute nicht. Ich hieb also ein, daß es eine Art hatte. Ich weiß wahrhaftig nicht, ob von dem ganzen Kram sehr viel übriggeblieben ist.

Aber nun, Konrad, die Weiber! Du kannst dir nicht denken, wie die, mir nichts, dir nichts, drauflosgingen – und Donnerwetter, wie schön feurig und lustig sie waren. Parlamentieren war völlig überflüssig, wenigstens bei einem hübschen Kerl, der ich damals gewesen bin. In dem ungeheuren Keller beim Kellermeister habe ich mit ihm alle Weine durchprobiert – und dann oben im Schloß und ringsherum die fuchsteufelswilden Mädels und Weiber. Dann ging es wieder zurück zur Weinprobe, dann wieder hinauf, dann wieder hinunter, und so fort und so fort. Ich schweige davon, bis in welche Höhen ich hinaufgestiegen bin, Konrad; man wurde einfach befohlen. Es geht einem manchmal gegen den Strich, aber wenn man dann eben doch von einer schönen, übermütigen jungen Gräfin in lockerer Gewandung empfangen wird, setzt man sich über allerlei Bedenken hinweg. Ich war wie in Mohammeds Paradiesen.

Tokaier, Gulyas, Paprika!

Nach dem Souper, etwa so gegen elf Uhr nachts, gingen die Herren zu den Zigeunern. Da wurde die wilde, betäubend schöne Musik gemacht, wovon etwas in die fünfte Rhapsodie von Liszt geraten ist" – mein Onkel war ein recht guter Klavierspieler –, „es wurde getanzt. Die schönsten Mädchen, und du kannst dir nicht denken, welche geradezu brennende Schönheit ihnen mitunter eigen ist, saßen auf den Knien der Kavaliere. Dukaten wurden dem Primas zugeworfen und den Mädels in den Busen gesteckt. Es ging manchmal recht weit – aber wer könnte sich da, wenn er ein Mann ist, zurückhalten? Meist wurde bei den Zigeunern bis zum lichten Morgen durchgetobt." –

Dies ist nur ein kleiner Auszug der Erinnerungen, die meinen Onkel mitten auf dem Kirchhof und dicht an dem frischen Grabhügel überwältigten. Es war nicht möglich, über den Kontrast zwischen seinem körperlichen Zustand und seiner feurigen Erzählung sowie zwischen ihrem, ganz dem vollen Leben gehörenden Inhalt und der todgeweihten Stätte des Friedhofs hinwegzusehen. Hier ist er kaum anderthalb Monate später begraben worden.

Wir schritten nun eine Weile fort, bis wir an eine breite Straße kamen, die vom Lande in die Stadt führte. Die Turmuhren schlugen die Mittagsstunde. Mein Onkel zeigte sich plötzlich gerührt und sagte, indem er mir seinen linken Arm um die Schultern legte: „Ich freue mich wirklich sehr, mein lieber Konrad, daß du deinen alten Onkel, ehe es zu spät ist, noch einmal besuchen gekommen bist." Seine Rührung ging auf mich über, und ich fühlte mich gedrängt zu erwidern: „Es ist doch jammerschade für mich, Onkel Adolf – ich bin heute über dreißig Jahre -, daß ich so wenig, und zwar nur vom Hörensagen, von dir gewußt habe. Ich muß bedauern, daß ich durch fünfzehn Jahre nicht wieder, wieder und wieder mit dir zusammengewesen bin und deine Gegenwart genossen habe."

Er schwieg und klopfte mir nur auf die Schulter.

In diesem Augenblick wurden wir durch eine herrschaftliche Equipage gleichsam aufgeweckt: Kutscher und Diener in Livree und eine nicht mehr ganz junge vornehme Dame im Fond der Halbchaise. „Donnerwetter", sagte mein Onkel, „das ist ja..." Er schwieg, als der Wagen, die Pferde in abgezirkeltem Trab, vorüberfuhr. Nun aber neigte die

Dame sich und grüßte mit freundlichem Lächeln herüber.

„Herrgott, wie seltsam", sagte der Onkel, als das Gefährt verschwunden war. „Gerade jetzt, wo wir so viel von van der Diemen gesprochen haben, fährt diese Baronin Weilern vorüber. Sie hat wohl das seltsamste Schicksal gehabt. Der Zufall machte mich zum Zeugen der Katastrophe in ihrem Leben: der unwahrscheinlichsten, sonderbarsten übrigens, die es geben kann. Aber Mutter wartet, es ist zwölf Uhr, und wir sind mit dem Essen sehr pünktlich. Doch, Konrad, es lohnt. Ich erzähl dir später mal mehr davon."

Die Tante und der Onkel hielten auf einen guten Mittagstisch. Wir aßen Rebhühner, die aus den alten Jagdgründen stammten, deren oberster Verwalter Onkel Adolf gewesen war. Er wurde von dort noch regelmäßig versorgt.

Der alte Barbarossa hatte trotz seines Leidens den Appetit nicht eingebüßt. Sein drittes Rebhuhn war aufgezehrt, als ich mit meinem ersten zu Rande gekommen war. Er trank dabei Mosel in vollen Schlucken.

Die Tante, von der Magd im Nebenzimmer bedient, blieb unsichtbar. Aber sie hatte Mausöhrchen und nahm an der Unterhaltung teil. Sie tat es mit lauten Einwürfen und Zurufen, die der Onkel gleich laut beantwortete.

Nach dem Käse wurde Obst und hernach Likör und Kaffee gebracht, wobei der Onkel sich heiter ächzend erhob und umständlich eine lange Pfeife in Brand steckte. Er war an den Pfeifenständer getreten und hatte sie sorgsam ausgewählt. Nachdem er die ersten Züge mit Behagen und stehend gepafft hatte, öffnete er die Glastür eines Bücherschranks: „Das ist nur der kleine Teil meiner großen Bibliothek, der mir unentbehrlich ist. Die gesamte unterzubringen, würde ich ein kleines Haus brauchen. So liegt sie denn in Kisten verstaut..."

Ich war zu ihm getreten und las die Buchtitel: Musikerbiographien, Afrikareisen, Schlagintweit, Nachtigal, Schweinfurth und andere. Natürlich auch van der Diemen war da. Ein ganzes Regal nahm Brehms Tierleben ein. Von den Dichtern war nur Scheffel vertreten.

Mir ging durch den Kopf, daß die einigen tausend Bücher, die den Onkel durchs Leben begleitet hatten, nun aber in Kisten begraben lagen, ein Wiedersehen mit ihm wohl in dieser Welt nicht mehr feiern würden. Dabei griff ich mir einen Band von Brehms Tierleben und erzählte dem Onkel, wie ich einmal in einem Bahnkupee mit einem nahen Freunde Brehms ins Gespräch gekommen war und von ihm allerlei Einzelheiten über seine Reisen mit dem österreichischen Kronprinzen Rudolf erfahren hätte. Es wäre so ein bißchen „als wie, als ob, als wenn" gewesen – wobei Brehm sich recht überflüssig gefühlt hätte.

Der Onkel nahm mir das Buch aus der Hand – die Magd hatte einen Lehnstuhl herangezogen – und machte sich's wieder am Tisch bequem.

„Das mag stimmen", sagte er. „Ein Sprichwort sagt: ‚Herrendienst – Narrendienst'. Van der Diemen war keineswegs zimperlich, aber es war mit seinen Forschungen immer doch auch nur soso lala."

„Warum existiert eigentlich von dir, Onkel, kein Buch über Afrika?"

„Ich konnte dem Grafen nicht Konkurrenz machen."

„Aber du erzählst doch so fabelhaft, schilderst so anschaulich, ganz vorzüglich."

„Mündlich, Konrad, schriftlich nicht. Sieh mal,

ich bin so'n alter Forstbüttel, denen stecken ja immer allerhand Flausen im Kopf. Wir machen uns ja gegenseitig manchmal bis zum Morgen ganz blöd und dumm mit Jagdgeschichten. Aber es gab ja in der Tat bis vor kurzem auch noch eine mündliche Erzählerkunst. Heut ist sie vollständig ausgestorben. Diese Kunst sozusagen in ihrer Entfaltung habe ich zweimal erlebt: das eine Mal bei einem Balten, einem Baron, das andere Mal bei niemand Geringerem als Alfred Brehm, den ich gekannt habe."

Er leerte nunmehr seine Kaffeetasse und setzte einen Kognak darauf. „Ja", sagte ich, „Brehm soll ein Meistererzähler gewesen sein. Auch das erfuhr ich von seinem Freunde."

„Ich habe ihn selbst gehört, Konrad. Doch der andere, der Balte, war auch nicht von Pappe. Der Balte hieß Baron Degenhart. Und da muß ich dir wenigstens etwas andeuten. Er steht nämlich in sehr enger Verbindung mit dem seltsamen Schicksal der Baronin Weilern, die du vorhin in der Kalesche gesehen hast. Ich will dir davon nur einiges andeuten.

Wir, van der Diemen und ich, stießen zuerst auf den Baron Degenhart im Inneren von Afrika. Hatte er sich dort irgendeiner Expedition angeschlossen oder sich auf eigene Faust weitergeholfen, kurz, er saß eines Abends an unserem Lagerfeuer. Male dir die Szenerie nach Belieben aus! Du kannst dir Löwen, Hyänen, Schakale, Zebras, Antilopen, kurz, was du willst, einbilden, ich überlasse dir alles ad libitum. Woher der Baron plötzlich kam, was er trieb? Entweder hatte er es uns gesagt, und ich habe es vergessen, oder er ließ uns darüber im unklaren. Kaum war er da und hatte seine Freude über unser Erscheinen ausgedrückt, auch uns sein ungefähres Signalement gegeben, als er auch schon zu erzählen begann. Wir konnten ihm, ohne gelangweilt zu sein, mehrere Stunden zuhören. Wir hatten ungefähr hundert schwarze Träger mit, dazu eine Anzahl Lasttiere, so daß unsere Versorgung mit Konserven und allerhand Genußmitteln nichts zu wünschen übrig ließ. An Geld war ja auch bei van der Diemen kein Mangel.

Da wir einige Tage Rast machten, nützte der Baron unsere Gegenwart weidlich aus, wir dagegen die seine desgleichen. Er konnte uns manchen guten Rat geben, da er den Charakter der Eingeborenen, ihre Lebensweise und Sitten recht genau studiert hatte, ja sogar ihre Sprache verstand. Seltsam genug: mitten in Afrika wurden wir durch seine Erzählungen nach Rußland versetzt, reisten mit ihm in der Troika oder im Schlitten von Petersburg bis Sibirien, kämpften Schlachten mit Wölfen und Räubern, jagten Schneehühner und Wisente, schossen Hermeline, Zobel und was nicht sonst. Wirklich, wir klapperten fast vor Frost, während die afrikanische Hitze um uns brodelte."

Onkel Adolf trompetete dies, zugleich herzlich lachend in der Erinnerung. Er sog schweigend an der Pfeife und wurde nachdenklich. Dann stieß er hervor und hatte dabei einen Hustenanfall zu überstehen:

„Ja, ja, der Baron! Eine gar nicht alltägliche Sache, dieser Baron Degenhart. Am zweiten Tage, den der Baron bei uns zubrachte – er blieb auch nachts bei uns im Zelt –, trat eine junge Farbige in Erscheinung. Sie suchte jemand und fragte nach ihm. Da niemand von uns Kisuaheli verstand und der Dolmetscher nicht zugegen war, konnten wir nicht herauskriegen, wen sie meinte. Bis dann der Baron aus dem Zelte trat und das junge Geschöpf mit dem blitzschnellen Sprung eines Panthers plötzlich zu seinen Füßen lag. Sie umklammerte seine Knie. ‚Sie ist so ein kleines Spielzeug von mir', sagte er, zu uns gewandt, in einem brutalen und leichtfertigen Ton, der uns aufs äußerste mißfiel. ‚Ich habe die Kleine Käthchen genannt. Sie ist wirklich ein schwarzes Käthchen von Heilbronn. Sie klebt, man kann sie nicht loswerden. So hat sie mich nun auch wiederum aufgespürt. Ich bitte mich deshalb zu entschuldigen.'

Diese kleine Episode, lieber Konrad, die damals bei uns kaum Beachtung fand, sollte sich später seltsam auswirken. Donnerwetter", so unterbrach er sich, „Donnerwetter, sehr seltsam! Überaus seltsam! Weiß der liebe Gott!

Als wir einige Tage mit dem Baron zusammengewesen waren, setzten wir unsere Reise fort, wir haben kaum noch von ihm gesprochen. Dergleichen Abenteurer trifft man ja in der ganzen Welt und so auch im afrikanischen Busch. Und wahrhaftig: er war einer. Aus seinen Erzählungen ging hervor – und wir zweifelten keineswegs daran –, wie er den Gegenwert von fünf oder sechs Erbgütern durchgebracht hatte. Den Hauptteil hatten die Pariser Kokotten verzehrt, die Spielbank von Monte Carlo den anderen, raffinierte Diners, bei denen Champagner in Strömen floß, rissen nicht ab. Immerhin, ein gewöhnlicher Verschwender war er nicht, dazu hatte er sich einem Kultus des rücksichtslosen Lebensgenusses verschrieben, in den auch Kunst, Literatur und Musik verflochten waren. Einmal schloß er sich Zigeunern an, die auf einem Wolgaschiff reisten: er unterhielt sie durch mehrere Monate.

Nun aber genug, und ein andermal mehr von diesem Baron." –

„Onkel, ich will nicht in dich dringen", sagte ich. „Aber du sprachst vorhin von dem Schicksal der

Baronin Weilern, in das der Baron Degenhart verflochten ist. Ich sehe ja ein, ich darf dich nicht länger belästigen. Ich werde auch im Augenblick aufbrechen. Aber wenn du mir nicht wenigstens einen kleinen Hinweis gibst, wie die Verflechtung des innerafrikanischen Abenteurers und der schlesischen Gutsfrau möglich geworden ist, so entläßt du mich mit einem quälenden Fragezeichen, das mir vielleicht auf Wochen den Schlaf rauben wird."

Aus dem Nebenzimmer ertönte die Stimme der Oberforstmeisterin: „So erzähl ihm doch die Geschichte, Mann!"

„Gut, Alte", parierte sogleich mein Onkel. „Bedingung: du mußt uns noch eine Flasche Wein zubilligen."

„Na ja, na ja, warum denn nicht?"

„Siehst du" – der Onkel schlug mit der Hand auf den Tisch –, „da stimmen wir mal genau zusammen. Das Leben ist doch bald zu Ende gelebt, wofür will man sich aufsparen? Man muß die Feste feiern, wie sie fallen. Und heute feiern wir eben ein Fest. Ist es ein Wunder, wenn man jemand, den man als dreizehnjährigen Nichtsnutz zuletzt gesehen hat, als einen Mann von Geltung wiedersieht und neben sich sitzen hat? Warum sollen wir mit dem Abschied eilen: da man sich diesmal doch wohl für immer trennen wird."

Er sagte dies alles mit Heiterkeit. Die Flasche kam, ich entkorkte sie, ein volles Glas trug die Magd in das Zimmer der Tante. Der Onkel trank, entleerte und stopfte von neuem den Pfeifenkopf und begann dann nach kurzem Besinnen die Geschichte, die meine Tante vorhin verlangt hatte. An ihrem Aufbau und einigermaßen klugen Zusammenhalt konnte man merken, daß er sie oft erzählt und so in der Form mehr und mehr vervollkommnet hatte.

## 2

„Die Herrschaft Konern, die heute noch im Besitz der Baronin Weilern ist, besteht aus ungefähr dreizehntausend Morgen, Äcker, Wiesen und Wald zusammengenommen.

Ich hatte die Dame durch van der Diemen kennengelernt, der ohne Zweifel ein Auge auf die schöne, begüterte Baronesse geworfen hatte. Ich weiß nicht, woran die Verbindung scheiterte.

Ihre Mutter befand sich seit Jahren im Irrenhaus, ihr Vater starb, als sie gerade zur Not majorenn geworden war. So trat sie in den Besitz der Güter. Noch im Todesjahr des Vaters, also im Trauerjahr, verkehrten der Graf und ich in seinem Gefolge oft bei ihr. Ich bin ja einigermaßen durchgesiebt in der Land- und Forstwirtschaft und konnte ihr manchen guten Rat geben. Zwei Jahre nachher starb leider van der Diemen, ohne, wie gesagt, in seiner ziemlich deutlichen Werbung mit ihr weitergekommen zu sein.

Ich wurde dann bald an die polnische Grenze versetzt und verlor die Weilern ganz aus den Augen.

Dann, nach fünf Jahren, erfuhren wir wieder etwas von ihr durch – ja, warte mal! –, Alte, wer war das doch?"

Die Antwort erklang: „Ökonomierat Grieshammer." –

„Na also, durch Ökonomierat Grieshammer. Sie hatte Scherereien gehabt. Sie war in einen Prozeß verwickelt. Ein Zweig der Familie Weilern erklärte, nur männliche Erbfolge bestünde zu Recht, sie müsse die Güter an ihren Onkel, den Bruder ihres Vaters, abtreten. Man weiß ja – bitte sehr um Entschuldigung –, daß gewisse vornehme Leute einander wie die Geier anfallen, wo sie vermuten, daß irgendwie eine Beute zu machen ist." – „Wie die Geier!" Vom Nebenzimmer erscholl die Bestätigung.

„Baronin Weilern ist heute eine Landfrau, die sich gewaschen hat. Die Zeit war ihr unbarmherziger Lehrmeister. Die Habgier umgab sie mit hundert glühenden Augen, als sie den Besitz angetreten hatte. Aber sie hat sich durchgekämpft.

Meine Verwaltung an der polnischen Grenze lag eine Stunde weit von der nächsten Ortschaft entfernt, mitten in einer Lichtung der Forsten. Die Ställe mit den Pferden und dazugehörigen Heuböden, einige Förstereien, die Büros und mein Wohnhaus umgaben einen weiten Hof. Als Selbstversorger trieben wir einige Schweine auf Eichelmast, machten sie auch im Stalle fett, züchteten Hühner, Enten und Gänse. Not, lieber Konrad, kannten wir nicht. Wer uns besuchte, blieb meistens über Nacht bei uns – öfters auch mehrere Tage und Nächte.

Was der Ökonomierat von der Baronin Weilern erzählte, zeigte, daß allerlei um sie her und mit ihr vorgegangen war. Vor allem: sie hatte sich verheiratet. Sie hieß nun nicht mehr Baronesse Weilern, sondern Baronin Degenhart. Ich habe ein schlechtes Namensgedächtnis, deshalb brauchte es Tage, bevor ich mich an den Baron gleichen Namens erinnerte, den wir in Innerafrika getroffen hatten. Solange der Ökonomierat da war, dachte ich mit keinem Gedanken daran.

Der Gatte der Baronesse war arm. Deshalb und aus Gott weiß welchen Gründen hatte sich die ganze Verwandtschaft gegen die Heirat aufgelehnt. Die Hochzeit hatte denn auch fast ohne Beteiligung dieser Kreise stattgefunden. Sie wurden dann insofern enttäuscht und ins Unrecht gesetzt, als die Ehe geradezu exemplarisch glücklich wurde. Nach dem ersten, ungetrübten Ehejahr kam ein Knabe zur

Welt, der Stammhalter. Der Vorname des Großvaters Weilern, Ulrich, wurde ihm beigelegt – damals ein prächtiger Junge von sieben Jahren, wie der Ökonomierat versicherte. Als zweites Kind erschien dann ein Mädchen, damals sechsjährig und, sagt man, wie ein Engel so schön. Das dritte Kind, wieder ein junger Baron, war nach Grieshammer schon fünfjährig. Mit ihm schnitt der Kindersegen einstweilen ab.

Der Ökonomierat reiste ab, und die Angelegenheit der Weilern geriet abermals bei mir in Vergessenheit. Ich wußte vor Arbeit kaum ein und aus. Die Forstverwaltung von über sechzigtausend Morgen, die völlig in meinen Händen lag, sog mich auf. Ich habe der Herrschaft, der ich diente – dies, lieber Konrad, sage ich beiläufig –, alle meine Jahre gewidmet und unter dem Druck der Verantwortung den Arbeitstagen unzählige Nächte zugelegt. Wahrhaftig, ich konnte Bäume ausreißen. Aber da ich es immer wieder tun mußte und gerne tat, habe ich es nur mit Dreingabe meiner Gesundheit durchgeführt. Lassen wir das! Wovon sprachen wir doch? Richtig: immer noch von der Weilern.

Eines schönen Herbsttages, etwa wie heut, lag – ich war nicht wenig erstaunt – ein Brief der Baronin auf meinem Arbeitstisch. Sie bat mich darin, sobald es mir möglich wäre, zu ihr zu kommen, um sie in einigen Punkten ihrer Forsten wegen zu beraten. Es handelte sich unter anderem um Maßnahmen gegen gewisse Forstschädlinge, darin ich große Erfahrung besaß. Auch würde sich ihr Mann freuen, so schrieb sie, einen engen Bekannten des verstorbenen Afrikareisenden van der Diemen kennenzulernen, dem er im afrikanischen Busch einmal begegnet sei. Es stand bei mir fest, daß ich der Einladung folgen würde. Nicht nur die Achtung für die Baronin gebot mir das, sondern die Pflicht, nach Kräften wo immer in der deutschen Forstwirtschaft nützlich zu sein. Und schließlich, die Eröffnung über Degenhart ließ keinen Zweifel, daß dieser Degenhart mit dem afrikanischen, der an unserem Feuer gesessen hatte, ein und derselbe sei, was mich einigermaßen aufregte.

Die Besonderheit dieser Aufregung war mir neu, und ich habe sie nachher nie wieder erlebt. Sie wuchs und wuchs, je mehr ich über Degenhart nachdachte und mir Einzelheiten meiner Begegnung mit ihm ins Gedächtnis rief. Also dieser Mann war der glückliche und beneidete Gatte der schönen und reichen Weilern geworden und hatte sich in ihren prächtigen Grundbesitz als Herr mitten hineingesetzt. Wie kam dieser Mann überhaupt nach Schlesien? Richtig, da fiel mir plötzlich ein: Es gab im Waldenburger Gebirge irgendwo die letzten Trümmer einer Ruine, die er das Stammschloß seines Geschlechtes genannt hatte. Möglicherweise hatte seine Begegnung mit uns den Gedanken, seine Urheimat einmal wiederzusehen, in dem Abenteurer aufgeweckt.

Ich erschrak bei dem Wort Abenteurer. Heute war er ein großer Herr und nach dem, was der Ökonomierat gesagt hatte, auch in seinem Wesen über das Abenteurertum weit hinaus: ein rührender Gatte, ein rührender Vater. In dieser letzten Eigenschaft ging er so weit, erzählte Grieshammer, daß er im Schloß und in den Kreisen des Adels ringsum belächelt wurde. Es wurde gesagt, er habe die Kleinen nicht selten gebadet und trockengelegt. Die Kinderfrauen und Ammen durften nur zuschauen. Die Baronin, also die Mutter selbst, war durch ihn fast völlig entlastet. Er wählte die Anzüge für die Buben, ja selbst die Kleidchen der kleinen Tochter aus, die er Solveig genannt hatte. Bei alledem – wie sagte doch Grieshammer? – lege er seiner Gattin die Hände unter den Fuß, damit sie sich nicht an einen Stein stoße, so daß die kluge Baronin ihrerseits ebenfalls mitunter lächle. Hatte der Ökonomierat recht, so hielt die Baronin, trotzdem er auch in Hof, Feld und Wald gesehen wurde, doch unmerklich die Zügel.

Ich sprach von der Seltsamkeit meiner Aufregung. Sie wuchs und irritierte mich fast, je mehr sich der Tag meiner Reise nach Schloß Konern näherte. Der Graf, genannt van der Diemen, war sieben oder acht Jahre älter als ich. Unsere Besuche bei der Baronesse Weilern hatten stattgefunden, als ich schon längst nicht mehr sein Leibjäger war, sondern bereits in Vertretung eines Forstmeisters amtierte. Unser Verhältnis von Diener und Herr hatte sich in Freundschaft verwandelt. Wir sahen uns oft und standen uns bei mit Rat und Tat. So war ich auch bei seiner Werbung um die Baronesse Vertrauensmann. Die junge Schloßherrin wußte das. Sie suchte deshalb nicht selten Gespräche unter vier Augen. Sie wollte von mir allerlei wissen über des Grafen Charakter, Gesundheit und Lebensart, und ich hatte die schwierige Aufgabe, allerlei zu verschweigen, ohne sie merken zu lassen, daß ich verschwieg. Die Gespräche – es ist nicht zu leugnen – trugen mir ihr Vertrauen ein. Ich war drauf und dran, wie mir schien, auch für sie eine Art Vertrauter zu werden. Ja, hätte ich etwa ein kleines ‚von' vor meinem Vatersnamen gehabt: wer weiß, ob mich nicht schließlich mein Freund van der Diemen einen schleichenden Schurken und Verräter genannt hätte? In meiner Aufregung also verdichtete sich ein Gefühl, als ob ich vielleicht nicht nur wegen der Fichtenspanner und Nonnenraupen berufen würde, sondern in einem gewissen früheren Sinne als allgemein menschlicher Ratgeber. Dann müßte auf Konern etwas wie eine Krise im Gange sein.

Dies war mir, als ich die Bahn bestieg, um nach Konern zu reisen, schon irgendwie zur Gewißheit geworden. Warum, das weiß ich wahrhaftig nicht.

Ich selbst hatte nun einen jungen Forstmann zur Seite, so wie dereinst van der Diemen mich. Ich mochte ihn bei den geplanten Waldgängen nicht entbehren. Er war in der Schädlingsbekämpfung praktisch geschult und konnte die Mikroskope bedienen, die er im Koffer mit sich führte, nebst Büchsen, Flaschen, Kruken mit Chemikalien aller Art.

Die Reise war lang und ziemlich umständlich. Aber endlich, nach sechs oder sieben Stunden, landeten wir an der Bahnstation, auf der uns der Wagen von Konern erwarten sollte.

Statt eines aber warteten zwei: ein mit grauem Atlas gepolsterter Phaeton mit zwei köstlich geschirrten vierjährigen Litauern, Kutscher und Diener in Livree auf dem Bock, der andere ein zweispänniger Gepäckwagen, der das schwere Gepäck von zwanzig Reisenden bequem hätte aufnehmen können. Mein kleiner Koffer und zwei Handtaschen, eine dem jungen Forstmann gehörig, wurden ihm anvertraut.

Konern hat ein Schloß mit Anbauten aus mehreren Jahrhunderten. Der Haushalt wird nahezu fürstlich geführt. Allein für den Luxusgebrauch stehen im Marstall vierzig bis fünfzig Pferde. Ein Stallmeister und ein oberster Bereiter ist da. Berühmt sind die Warmhäuser der Gärtnerei. Man nimmt dort im Winter Brüsseler Weintrauben von den Spalieren. Eine ganze Armee von Gärtnern und Gartengehilfen steht im Dienst. Die Küche besorgt ein Franzose als Küchenmeister. In Zimmern und Sälen bedient eine erbliche Dienerschaft. Ihr Majordomus ist ein Deutscher, dessen rangnächster Diener ein Engländer. Es ist in allem Wesentlichen die unveränderte Erbschaft des verstorbenen Barons Weilern, die von seiner Tochter, nunmehr Baronin Degenhart, pietätvoll unangetastet gelassen wurde.

Wie eine Insel feinster Kultur liegt das Schloß mit seinen Türmen, Terrassen, gepflegten Gärten und Parkanlagen mitten in einer reichen, aber baumlosen Nutzgegend. Sommers bilden die Getreidefelder das unendliche wogende Meer ringsum. Dieser Herrschafts- und Herrensitz mutet fast wie ein Märchen an. Aber Schlesien hat dieser Märchen viele, dieser Wunder aus Tausendundeiner Nacht, die sich aus der Provinz herausheben und Ausdruck der besten Kultur von Europa sind.

Was mir bevorstand, wußte ich. Man wird nach der Ankunft, solange man wünscht, allein gelassen. Eine Schaffnerin meldet das warme Bad, man hat sein Wohnzimmer und sein Schlafzimmer. Man hat einen Kammerdiener zur Seite, der jeden unausgesprochenen Wunsch errät und sogleich erfüllt. So stand ich denn bald gescheuert, gebürstet, geschniegelt und gebügelt, hatte meinen Leichnam in die Galauniform gepreßt und wurde, kaum war ich fertig, zur Tafel gerufen.

Doch ich wurde zunächst in das Zimmer des Hausherrn geführt. Als ich eintrat, schien mir, ich wäre allein. Der hohe, getäfelte Raum ward flackernd erhellt von einem Kaminfeuer. Außerdem, ich erinnere mich dessen genau, sah ich durchs Fenster den Vollmond wie einen riesigen Ball kirschrotglühenden Metalls über den noch dämmrigen Feldern aufgehen. Im nächsten Augenblick erhob sich blitzschnell eine Gestalt am Kamin, die wohl kein anderer als der Hausherr sein konnte. Er war im Frack, der im Schlosse gebotenen Abendtracht. Dies und die vornehme Eleganz der Erscheinung machten mir in den ersten Minuten meinen einstigen Afrikaner unkenntlich. Es ging ihm mit mir, wie er später bekannte, ebenso. Nun ja, ich war stärker geworden und hatte mir einen Bart wachsen lassen – meine Galauniform mit Schnüren und allerlei Krimskrams kam hinzu. Durch diese Vermummung mußte auch er sich erst durchfinden.

Kleider machen Leute, wie ein Sprichwort sagt; aber inwieweit diese Behauptung zu Recht besteht, ist von nicht allzu vielen Menschen erkannt worden. Allerdings ist mit dem Begriffe Bekleidung nicht allein Rock, Weste, Hose und Stiefel gemeint, sondern die Umwelt im engeren Sinne, der Franzose nennt es Milieu.

Der afrikanische Degenhart und dieser waren zwei völlig verschiedene Leute. Der flotte, abgehärtete, im Denken und Tun verwegene Fallensteller und Löwenjäger war nicht mehr. An seine Stelle trat, als der englische Kammerdiener zwei silberne Armleuchter mit brennenden Kerzen brachte, ein mittelgroßer, schlanker Herr, dem der Friseur einen Scheitel von der Stirnmitte bis zum Nacken gezogen, das glattanliegende Haar und das Schnurrbärtchen pomadisiert hatte, der zwei dicke Perlen als Hemdknöpfe und noch zwei dickere an den Manschetten trug, dazu schwarzseidene Strümpfe und niedere Lackschuhe. Seine Hände, mit vielen Ringen geziert, schienen in einer chemischen Waschanstalt gereinigt zu sein. Dazu kamen sorgsam polierte Nägel. Er roch, ich weiß nicht nach welchem Parfüm; ja eine Art Narzissenarom – du weißt ja, Konrad, ich bin Botaniker – strömte sogar aus seinem Munde.

Wir erkannten uns also nach und nach und richteten uns miteinander ein. Wenn ich geglaubt hatte, wir würden in Erinnerungen an den Schwarzen Erdteil schwelgen, so hatte ich mich durchaus getäuscht. ‚Wir kennen uns ja, jawohl! jawohl?! Ach Gott, wie weit liegt das alles zurück.' Das waren so ungefähr die Worte, mit denen er seine Begegnung mit uns, van der Diemen und mir, streifte. Er wurde alsdann sehr liebenswürdig, aber doch wohl auf eine Art, die an Herablassung grenzte. Es war irgendwie eingelernte Leutseligkeit. Ich war verblüfft, wenn ich an denselben Mann am Lagerfeuer im afrikanischen Busch dachte, an seine Einfachheit, seine Offenheit, die Enthüllung seiner vielen, mitunter gewagten Abenteuer.

‚Also, was werden Sie unternehmen, Herr Oberforstmeister? Die Nonne greift meine Wälder an.' Damit ging er sehr bald zur Sache über. Er hat umgelernt, sehr schnell umgelernt, dachte ich. Er spielt seine Rolle ausgezeichnet.

Dann war an mir wiederum das Umlernen.

Plötzlich hörte ich Lachen von Kindern. Der Thronerbe Ulrich, die kleine Solveig und der jüngste Bube von fünf stürzten herein. Kaum konnte der Vater sich ihrer erwehren. Die Liebe der Kinder war grenzenlos. Er wurde mit Armen und Beinen umhalst, sie behandelten ihn als Kletterstange, was er sich alles geduldig gefallen ließ. Noch mehr: er vergaß seine Künstelei. Er wurde wahrhaft zärtlich mit ihnen. Auf ihr Geschwätz ging er lachend ein. Man sah seinen Stolz, als er die reizend gekleideten Sprößlinge einzeln vorstellte. Ulrich, sagte er, sehe der Mutter ähnlich, und manches dergleichen. In diesen Minuten kam es mir vor, als ob sich der einstige Afrikaner wiedergefunden habe.

Immerhin blieb noch ein Rest, soll ich sagen: eine leichte Befangenheit in ihm zurück.

Zwei oder drei Diener mit Bürsten und ein altes

Fräulein mit einer weißen Haube und Fleckwasser stellten, nachdem die Kinder fort waren, den Anzug des Barons ziemlich umständlich wieder her.

Nun kam die Baronin mit ihrer Hausdame.

Anders, aber ebenso groß war die Veränderung, die sie von der Baronesse Weilern zur Baronin Degenhart durchgemacht hatte. Heliodora – kein geringerer Name war ihr in der Taufe zuteil geworden – rauschte in einer braunatlaßnen Abendtoilette herein, mit langer Schleppe und tiefem Dekolleté. Das seidige Gold des Haupthaares stimmte in seinem Glanz prächtig dazu. Ihre Schühchen trugen Glasknöpfe, während ihre reine und schöne Stirn von einer Spange mit echten Brillanten gekrönt wurde. Ich erfuhr später, daß die Eheleute, auch wenn sie allein waren, abends immer in großer Toilette zu Tisch gingen. Aber der Pomp solchen Auftretens machte bei der Baronin nicht die Veränderung, vielmehr war aus dem klugen jungen Mädchen eine selbstbewußte schöne Frau geworden, in der man auch nicht sogleich das Wesen von einst wiederzuerkennen vermochte. Ihr Betragen war sicher und frei und nicht, wie beim Baron, künstlich angenommen. Sie ging, mir beide Arme entgegenstreckend, auf mich zu mit dem unverhohlenen Ausdruck der Freude darüber, daß ich ihrem Ruf gefolgt und überhaupt ihr Gelegenheit gegeben hätte, mich nach so langen Jahren wiederzusehen.

‚Ich habe für heut abend nur unseren Generaldirektor, Geheimrat Kranz, und eine alte Tante von mir, Gräfin Feldheim, gebeten. Ich dachte, es würde Ihnen lieber sein, wenn wir uns ein bißchen intim unterhalten können. Eine größere Herrengesellschaft, ein Frühstück, das mein Mann morgen seinen Jagdfreunden gibt, wird allerdings nicht zu umgehen sein.‘

Entschuldige, Konrad", unterbrach sich der Onkel, „wenn ich mich nun indirekt loben muß. Baronin Heliodora setzte hinzu: ‚Man darf Sie den Herren nicht vorenthalten. Sie sind Jäger, nicht nur von Beruf, sondern haben den größten Ruf in der Jägerei und den Forstwissenschaften. Sie sind Afrikaner und Löwentöter, von dessen nie fehlender Büchse van der Diemen Wunderdinge verbreitet hat.' Sie schloß: ‚Ach ja, der arme van der Diemen! Er hat früh fort müssen. Er hat sich doch wohl aus Afrika den Todeskeim mitgebracht.'

Wir saßen also zu fünfen bei Tisch. Über die Speisen ist nichts zu sagen. Ich hatte immer nur von Lampreten gehört – ‚Ich werde dir wohl Lampreten kochen', schalt meine Mutter, wenn ich mit ihrer Brotsuppe nicht zufrieden war –, aber hier gab es wirklich Lampreten. Wirklich ein ganz vorzüglicher Fisch. Die Unterhaltung ging gut vonstatten, nur daß sie im Anfang vom Generaldirektor und mir allein bestritten wurde. Seltsam, wie wenig der Hausherr sich einmischte. Ein Beobachter ist ein Jäger ja wohl, und so war es zu bemerken, wie die Baronin heimlich forschende Blicke bald auf ihren Gemahl, bald auf mich richtete: als liege da etwas heimlich Verbindendes über uns, hinter das sie zu kommen wünschte. Was die Weine betraf, so begann es mit einem Champagner rosé, es folgte darauf ein unvergeßlicher alter Burgunder, hernach ein Steinberger Kabinett. Beim Braten dann wiederum trat der Champagner in sein Recht, mit dem man die Gläser der Herren fortwährend nachfüllte. Der Hausherr tat es im Trinken uns allen voran.

Aber dieser am Lagerfeuer so geistig rege und gesprächige Mann, der Meistererzähler seiner Abenteuer in drei Erdteilen, blieb hier, wo er als Regierender inmitten eines märchenhaften Reichtums saß, in Glücksumständen, die man wohl ebenfalls märchenhaft nennen darf, besonders in Anbetracht seiner Vergangenheit, einsilbig.

Ich wagte mich um so mehr hervor, besonders da ich bei meinem unter dem Einfluß des Weines zunehmenden Übermut immer mehr die dankbare Teilnahme der fürstlichen Heliodora und der Gräfin Feldheim buchen konnte. Man lachte viel, manchmal sogar der Baron, ja selbst der Generaldirektor mitunter in sich hinein. Wenn mich nämlich der Teufel reitet, Konrad, so setzt mein Humor über alle Barrieren. Nun war es nicht anders an jenem Abend, ich gebe es zu, daß mich der Teufel ritt.

Die Feldheim war etwas plump und geradezu. Mehrmals sagte sie in befehlendem Ton: ‚Erzählen Sie uns Pikantes von Afrika!‘

Einmal gab ich darauf zur Antwort: ‚Da darf ich denn doch dem Hausherrn nicht vorgreifen.‘

Ich traf auf einen erstaunten Blick.

Hier räusperte sich der Generaldirektor. Er meldete sich so gleichsam zum Wort: ‚Ist Ihnen denn bekannt, meine Herrschaften, daß seit einigen Tagen ein farbiges Weib, eine Art Negerin, mit einem zwölfjährigen Sohn, der heller ist als sie, die Gegend unsicher macht?‘

Die Nase des Barons war weiß geworden. Aber es schien, als wollte er nun das Reden nicht mehr ausschließlich den andern überlassen, sondern der Unterhaltung Richtung und Inhalt aufzwingen. ‚Sie wollten Pikantes hören, Gräfin‘, sagte er zur Feldheim. ‚Pikantes von Afrika?‘ Und er gab sich den Anschein, herzlich und überlegen zu lachen. ‚Pinsler, Moralisten – Heliodora, du wirst mir rechtgeben – sind wir nicht. Wir sind Männer, die die Welt kennen.‘

Er stieß mit seiner Gemahlin an.

‚Meinethalben, was wollt ihr hören? Ein Geschichtchen im Kopfe fertig zu machen, ist eine Kleinigkeit.'

Ich sagte schon, daß mich der Teufel ritt, und so war es, als ich eine taktlose Dummheit begangen hatte und begriff, daß es eine war, unmöglich, sie wieder gutzumachen.

Ich hatte nämlich mein Glas erhoben, und zwar gegen den Baron, meinen Gastgeber, und dazu die Worte gesagt: ‚Erzählen Sie uns die Geschichte vom Käthchen von Heilbronn.'

Es sind neun Worte. Aber sie waren verhängnisvoll. Ich hätte sie morden sollen vor der Geburt. Es entstand eine allgemeine Betretenheit, die zunächst das Ehepaar ergriffen hatte.

Dem Hausherrn aber verschlug es die Sprache.

Er faßte sich dann und sagte mit scharfem und schnödem Ton: ‚Käthchen von Heilbronn ist, soviel ich weiß, ein ziemlich läppisches Drama von Kleist. Ich interessiere mich nicht für dergleichen poetische Luftblasen.'

Dann schloß er, zu der Baronin gewandt: ‚Ich denke, wir wollen die Tafel aufheben.' – Wir Männer blieben noch ein kleines halbes Stündchen in einem hohen, mit Jagdtrophäen ausgestatteten Raum, wo Kaffee und Likör gereicht wurden. Die Damen hatten sich verabschiedet, Heliodora mit den Worten: ‚Also auf morgen, Herr Oberforstmeister.'

Im Anfang ging der Baron noch ein wenig erregt auf und ab. Dann schien die Importe ihn zu beruhigen, deren Rauch er genießerisch einsog und in Ringen von sich blies. Er lud uns alsdann zum Sitzen ein und nahm selbst Platz am Kaminfeuer.

Ich war höchst unzufrieden mit mir und entschlossen, kein Gespräch zu beginnen, sondern nur auf ein solches einzugehen, das der Baron begonnen und dessen Gegenstand er gewählt hatte. Afrika schien bei ihm nicht beliebt zu sein. Also warten wir ab, dachte ich, ob er für sein schroffes Verhalten mir gegenüber eine Erklärung vorbringen oder ob er den Vorfall ignorieren wird.

Das tat er und sprang auf die Jägerei über.

Er sprach von den Wisenten des Fürsten Pleß, von dem Sechzehnender, den er zuletzt erlegt hatte, von dem Wildbestand seiner Felder und Forsten, sprach von seiner Fasanerie, erging sich in Bewunderung für die Leistungen eines Vorstehhundes und ließ durch einen jungen Förster zwei weiß und braun gefleckte Dackel hereinbringen, die ihm sogleich auf den Schoß, ja ins Gesicht sprangen: stürmische Liebkosungen, die er sich, wie jene der Kinder, geduldig gefallen ließ.

Wir kamen dann auf Gewehre, die neuen und neuesten Erfindungen auf dem Gebiet der Jagdwaffen, und er gestand eine ihn mitunter quälende Schießleidenschaft: er habe schon als Knabe nicht nur auf Goldfische, sondern auf Frösche und Unken gezielt; manchmal sei es ihm schwer geworden, das zu unterlassen, was ein Herzog von Ansbach getan habe, nämlich einen Schornsteinfeger, wenn er ihn zufällig sah, vom Dach zu schießen. Er redete sich, wohl um dieses irgendwie zu rechtfertigen, in einen allgemeinen Pessimismus gegen Welt und Menschen hinein, für den gerade er, wie mir schien, durchaus keinen Grund hatte.

Es hatte vom Schloßturm noch nicht zehn geschlagen, als wir beiden Beamten, der Generaldirektor und ich, im Mondschein über den Schloßhof gingen, dann fünf oder sechs Minuten durch den Park, wo Geheimrat Kranz in einem von Efeu umsponnenen, traulichen Haus eine Dienstwohnung hatte. Seine Frau war abwesend. Sie gebrauchte in Bad Salzbrunn die Kur.

Es war mir sehr lieb, daß der kluge und gebildete Rheinländer mich mit sich nahm, denn ich war doch ein wenig aus dem Lot und mochte mich gern noch mit ihm aussprechen. Dazu kam es denn auch sehr bald in seinem behaglichen Heim, wo wir ungestört plaudern konnten. Wir tranken Rheinwein, köstliche Flaschen, die von ihm in die Gläser gleichsam zelebriert wurden.

‚Machen Sie sich nur nichts aus dieser Eskapade des Barons', sagte er, als ich mein Befremden über sein Verhalten ziemlich frei von der Leber weg geäußert hatte. ‚Was der Grund ist, wissen wir nicht; aber seit einiger Zeit hat sich unser Herr auf seltsame Weise verändert. Ich bin gewiß, daß die Baronin davon betroffen ist und darunter zu leiden hat. Sehen Sie' – der Geheimrat wurde nun leiser –, ‚dieser Mann, der doch nicht mehr, sagen wir, im Vollbesitz eines jugendlichen Haarschopfes ist, hat ein immenses Glück gemacht. Das wird ihm naturgemäß geneidet. Auch ist leider wahr, daß die Neider nicht müßig sind. Die Onkel und Tanten der Baronin und deren weiterer Anhang sind gemeint. Es wird spioniert. Auch die Gräfin Feldheim, die heute bei Tische war, ist in dieser Hinsicht nicht zwecklos hier. Nichts entgeht ihr, und so entging ihr denn auch, wie ich deutlich an ihrem Blinzeln bemerkte, der heutige kleine Auftritt nicht. Du lieber Gott: der Baron ist kein unbeschriebenes Blatt, bei seinem Alter ganz selbstverständlich ...'

Aber ich heiße ja schließlich nicht Kranz, bin weder Geheimrat noch Generaldirektor, und so will ich nur sagen, daß er allerlei Dinge berührte, die sehr nahe an das streiften, was van der Diemen und ich über des Barons Vorleben aus seinem eigenen Munde erfahren hatten. Unter anderem fragte mich Kranz, ob ich gesehen hätte, wie der Baron bei der Erwähnung einer Afrikanerin, die sich mit ihrem Kinde seit einigen Tagen in der Gegend herumtreibe, kalkweiß geworden sei.

Nein, ich hätte das nicht gesehen. Aber als ich nachdachte, trat mir sogleich wieder ins Bewußtsein, daß, als der Geheimrat von einer Farbigen erzählte, der Baron eine irgendwie befremdliche Erregung gezeigt hatte.

‚Gut', sagte ich, ‚eine Afrikanerin ist aufgetaucht. Darum braucht der Baron doch nicht kalkweiß zu werden.'

‚Freilich nicht', unterstrich der Geheimrat, ‚doch man sieht jedenfalls daraus, unser hoher Herr hat gegen die afrikanische Periode seines Lebens eine allmählich ins Pathologische gesteigerte Abneigung. Ob sich da eine Nervenkrisis vorbereitet oder ob die Sache harmlos ist, kann ich nicht sagen. Jedenfalls bin ich wirklich beunruhigt, wie auch die Baronin – es ist nicht zu leugnen – deshalb beunruhigt ist.'

Und nun sagte er mir, ich würde ja selbst Gelegenheit haben, mich von dieser Besorgnis der Dame zu überzeugen, da sie mich nicht nur wegen der Insektenplage hergebeten habe, sondern einer geheimen Aussprache wegen, um die sie mich bitte. Dabei handele es sich um ihren Mann.

Da mußte ich nun daran denken, lieber Konrad, daß ich von dieser Wendung schon zu Hause ein Vorgefühl, eine Ahnung gehabt hatte. Vor der Aushohlung aber durch die Baronin unter vier Augen grauste mir, weil ich schon einmal in ähnlicher Weise – mit Bezug auf van der Diemen – von ihr ins Gebet genommen worden war und der neue Fall weit gravierender als der vergangene, dazu auch viel gefährlicher schien, weil er die Einmischung in eine Ehe bedeutete. Aber ich beruhigte mich, indem ich mir schwor, nur alltägliche Belanglosigkeiten über meine Begegnung mit dem Hausherrn im afrikanischen Busch auszusagen.

Der Geheimrat hatte ein Fenster geöffnet, es ging auf den Park, über dem eine jener sommerlich warmen Mondnächte aufgegangen war, die der Spätherbst zuweilen zeitigt. Käuzchen greinten durch die Hunderte von Jahren alten Baumriesen, die ihre Blätter meist noch nicht abgeworfen hatten. Ich drückte meine Verwunderung darüber aus, daß dies kleine Raubzeug hier so zahlreich vorkomme. Die Antwort war: ‚Nur in diesem Jahr.' Der Geheimrat führte dann aus, wie sich das fliegende Gespenstergesindel in diesem Herbst fast zur Plage entwickelt habe. Die Baronin sei davon beunruhigt. Nur zweimal hätten die kleinen Eulen in solchen Mengen um den Schloßbau reviert. Im Jahre, da ihre Mutter starb, und in dem, als der Tod ihr den Vater genommen habe.

Nun ja, dergleichen gruslige Erfahrungen und Behauptungen sind alten Schlössern und Schloßbewohnern nicht fremd.

Mitten im Zimmer stand ein Klavier. Um die Lampe flatterten Nachtschmetterlinge. Wir beiden Strohwitwer stimmten, wie sich zeigte, auch darin überein, daß uns gelegentlich ein außerberuflicher Zug anwandelte. So sahen wir beide die Natur mitunter nicht nur vom land- und forstwirtschaftlichen Standpunkt an, sondern verwandelten uns in Romantiker. Der Geheimrat besaß Autographen von Bach, Haydn, Gluck, Mozart und Beethoven, und ich schämte mich nicht, am Feierabend auf dem Piano zu dilettieren. Der Wein hatte die Fremdheit zwischen uns neuen Bekannten einigermaßen aufgehoben, wir stießen auf unsere Frauen an, die Gegenwart mit ihrem Dienst- und Abhängigkeitsverhältnis versank, wir erinnerten uns unserer Steckenpferde, er zog das seine, ich meins hervor, und so saß ich denn plötzlich am Klavier und spielte die Mondschein-Sonate mit schmelzender Hingabe.

Das war die Lage, in der eine Detonation, ein Schuß im Park, uns aufstörte.

Der Geheimrat erklärte: es sei der Baron.

‚Was jagt der Baron um diese Zeit?' fragte ich.

Er hole die Käuze herunter, fuhr der Geheimrat fort. Ihn erfülle mit Haß, was die Hausfrau ängstige. Im übrigen komme es ihm, dem Geheimrat, vor, als gehe die nächtliche Parkjagd auf eine afrikanische Gewohnheit des Hausherrn zurück: wo er vielleicht seinen Kral bewachen mußte. Der Generaldirektor lächelte: ‚Bei uns hier ist das natürlich überflüssig. Wir unterhalten sechs Nachtwächter, die mit Revolvern ausgestattet sind. Diese Neuerung hat der Baron eingeführt.' Vielleicht habe ein langes Jägerleben ihm die Sicherungsinstinkte der in Freiheit lebenden Tierwelt wieder ins Blut gebracht – leider, wieder dämpfte der Geheimrat die Stimme, sei diese noble Passion des Barons zur Nachtwache nicht immer durchaus ganz harmloser Art. So habe er vor fünf Jahren einen harmlosen Bauern angeschossen, der betrunken aus dem Kretscham kam und, weil er glaubte, vor seiner eigenen Tür zu sein, am Parktor rüttelte, vor zwei Jahren einen Postboten, der, fremd am Ort, den rechten Zutritt ins Schloß nicht wußte und eine Depesche abgeben wollte. Die Verhandlung habe viel Geld verschluckt.

‚Ich dachte daran, noch etwas im Park Luft zu schöpfen', sagte ich, ‚aber nun will ich das lieber unterlassen.' – Der Geheimrat sagte: ,Ich kann Sie in diesem Entschluß nur bestärken.'

Ich war Erregungen nicht mehr gewohnt, deshalb hat es eine Stunde und länger gedauert, bevor ich, in meinem Bett liegend, einschlafen konnte. Mit dem Bärenschlaf, den ich von zu Haus gewohnt war, hatte der dieser Nacht keine Ähnlichkeit. Ich schlief wie der Hase mit offenen Augen.

Ich hatte den jungen Forstmann, der mich begleitete – wie hieß er doch gleich?, wahrhaftig, ich weiß seinen Namen nicht mehr –, also ich hatte ihn nach dem Frühstück zu mir bestellt. Ich wollte das Tagesprogramm mit ihm durchsprechen. Aber da fiel mir das große Jagdessen ein, das mittags um ein Uhr beginnen sollte. Ein solches Bankett dehnt sich ja meist bis zum Abend aus. So sagte ich mir, es werde sich schwerlich heut etwas Rechtes tun lassen. Als ich meinem strebsamen Forstgehilfen einige Instruktionen für gewisse wichtige Vorarbeiten gegeben hatte und ihn eben entlassen wollte – sonderbarerweise entlud sich an diesem Morgen mit Blitz, Donner und Regen ein kurzes Gewitter –, fragte er mich, ob ich von dem Vorfall gehört hätte, von dem man allenthalben im Schlosse munkele.

Nein, ich hatte davon nichts gehört.

Man habe im Park eine bewußtlose Frau im Grase liegend gefunden, deren linker Arm geschweißt habe. Sie trug ein einfaches Straßenkleid, und der linke Ärmel war feucht. Zufällig hatte mein Assistent den Wächter selbst soeben im Park gesprochen. Er hatte ihn noch sehr erregt gefunden und von ihm erfahren, wie er einen Kollegen zum Polizeiwachtmeister geschickt habe, wie dieser dann gekommen war, nachdem er den Amtsvorsteher verständigt hatte, wie am Ende auch dieser mit einigen Leuten kam, worunter sich der Kreisarzt befand, und wie man die langsam zu sich kommende Fremde abtransportierte. Der Forstgehilfe setzte hinzu: mit der Rechten habe das Weib, das wahrscheinlich eine Zigeunerin sei, den Griff eines scharfgeschliffenen dreikantigen Dolches so fest umklammert gehalten, daß man die Waffe ihr kaum entwinden konnte.

‚Nun, und was weiter?' fragte ich.

Aber weiter hatte er nichts erfahren.

Da an dem Bericht meines Gehilfen nicht zu zweifeln war – er hatte den Wächter, der das Weib gefunden, selbst gesprochen –, blieb mir beinahe der Bissen, ich war mit dem Frühstück noch nicht fertig, im Halse stecken. Die Mondschein-Sonate, der Schuß im Park gingen mir durch den Sinn; doch vermochte ich mich zu beherrschen und entließ den Berichterstatter mit den Worten, die Geschichte scheine mir, was den Dolch betreffe, ausgeschmückt. Unglücksfälle und Eifersuchtsdelikte kämen überall vor. Ich sei ja selbst Amtsvorsteher gewesen und könne ein kleines Buch etwa unter dem Titel schreiben: Diebstahl, Bettel, Lumpengesindel und Mordgelichter – kurz, was die Landstraße mit sich führt.

Als ich allein war, stockte mir das Herz. Ich hätte nicht sagen können, warum. Aber zwischen der Angeschossenen im Park, dem Schuß und dem Verhalten des Barons erzeugte sich in meinem Geist ein Zusammenhang. Es spukte ja überdies eine Farbige in der Gegend herum. Schließlich war ich damals ein forscher robuster Kerl, und trotzdem, ich sah es im Spiegel, hatte eine wunderliche Erregung mich unnatürlich blaß gemacht. So stand es mit mir, als die Baronin mich bitten ließ, mit ihr eine kleine Ausfahrt zu machen.

Bald saß ich nun also neben ihr, vielleicht in ebenderselben Kutsche, in der die Baronin heut vorüberfuhr.

Seitdem ist sie freilich älter geworden. Ihr ältester Sohn steht als Offizier bei den Breslauer Kürassieren, der zweite studiert und ist Bonner Borusse. Die Tochter ist ein liebes Ding, ist aber viel in den Händen von Orthopäden; denn sie hat mit dem Hüftgelenk etwas zu tun. Aber dies beiseite, ich will nicht abschweifen.

Ich habe mich natürlich gehütet, als ich, zur Linken der Baronin sitzend, durch die Felder und Wälder fuhr, auch nur andeutungsweise von dem zu sprechen, was zwischen dem Generaldirektor und mir verhandelt wurde; ebenso von dem Schuß in der Nacht und dem häßlichen Fund, den der Wächter im Park gemacht hatte. Auch sprach die Baronin kein Wort davon, was mir bewies, daß sie nichts davon wußte.

Als wir die üblichen Anfangsphrasen einer Begegnung hinter uns hatten, sagte sie ungefähr dies in lückenlosem Zusammenhang: ‚Es ist vielleicht eine Wunderlichkeit in unseren Kreisen, Herr Oberforstmeister, gleichviel, es ist wahr: nämlich ich liebe meinen Mann. Ich habe Alfons aus Liebe geheiratet. Es ist keine Änderung eingetreten in nahezu einem Jahrzehnt, seit wir verheiratet sind. Indessen seit einem Jahr oder anderthalb Jahren vielleicht kommt mir vor, nicht in seiner Neigung zu mir, aber in seinem Wesen zeige sich eine Veränderung. Sie ist langsam, langsam fortgeschritten. Es kam eine Zeit, wo sie zu übersehen nicht mehr möglich war. Es drängte zugleich sich die Frage auf: von welcher Art ist ihre Ursache? Ist sie körperlich-seelisch, dann wäre er krank. Dann sollten Sie mir zu seiner Behandlung raten. Man muß dann die ersten ärztlichen Autoritäten heranziehen. Ist aber wirklich etwas in seiner Vergangenheit, das sein Gewissen drückt, so muß man mir helfen, es aufzudecken. Ich würde in diesem Fall gemeinsam mit ihm an der, wie soll ich sagen, Ausradierung dieses dunklen Punktes arbeiten. Ich habe Charakter, bin nicht die erste beste und bin nicht zimperlich. Ich bin entschlossen, mit meinem Mann, an seiner Seite, für meinen Mann zu kämpfen. Meine Onkel und Vettern sollen sich nur nichts einbilden; ihre Schnüffeleien sozusagen über den ganzen Erdball machen keinen Eindruck auf mich. Sie inspirieren nichtsnutzige Menschen zu anonymen Briefen an mich, wüstes Geschreibsel, hundsgemein. Ich habe sie in den Kamin geworfen. Einige sind bereits wieder eingelaufen. Sie sollen sie lesen, ich stelle es Ihnen anheim. Sie enthalten Verleumdungen meines Mannes, wilde Behauptungen, die sich widersprechen. Einer dieser verächtlichen Schmierer nennt ihn sogar einen Zuchthauskandidaten. Ich habe bisher weder meinem Mann noch irgend jemandem etwas von diesen Briefen mitgeteilt. Wenn ich zu Ihnen darüber spreche, so werden Sie, unnütz zu sagen, mein Vertrauen gewiß zu würdigen wissen. Es geht manchmal über meine Kraft. Ich fühle bereits, wie es mich erleichtert, einem Freunde, als den ich Sie schätze, davon zu sprechen. Zum ersten, zum allerersten Male, bedenken Sie das!‘

Nun, Konrad, du kannst dir denken, das war für mich ein seltsamer Augenblick. Die Baronin hatte zwar nichts Bestimmteres über die Briefe geäußert, als daß es eben Schmähbriefe waren. Aber meine Beobachtung bei der Abendtafel, das Auftauchen einer Afrikanerin, das Gerücht von dem angeschossenen Weibe im Park, alles das rumorte in mir, während wir lautlos auf Gummireifen durchs Land fuhren und nur der abgezirkelte Hufschlag des Trakehnergespanns zu vernehmen war. Wilde Vermutungen stiegen in mir auf, obgleich ich wahrhaft nicht wußte, welche so arg gravierende Verfehlung in der Vergangenheit des Barons sich herausstellen sollte.

Aber weiter im Text. Jetzt höre gut zu!"

Das sagte der Onkel, indem er mich mit seinen wunderbar sprechenden Kuhaugen gleichsam durch und durch blickte. –

„Es fängt nun an und wird interessant. Nachdem die Baronin gesprochen hatte, war an ihrer tiefen Bewegung, als sie schwieg, unschwer zu erkennen, daß irgendeine Katastrophe zwischen den Eheleuten, ohne Zusammenhang mit der Farbigen, nahe war. Aber diese Frau neben mir erregte meine tiefe Bewunderung durch die entschlossene Art, mit der sie ihr begegnen wollte. Ich weiß nicht, was mich dabei mehr ergriff: die Klugheit, die darin zutage trat, die Selbstüberwindung, die unverbrüchliche, liebende Hingabe?

Diese Bewunderung sprach ich ihr aus. Bei solcher Gesinnung, sagte ich, sei ich gewiß, was auch immer im Gange sei, welches Gewölk sich ballen mochte, sie, diese Gesinnung, werde dessen gewiß Herr werden. Wir sprachen dann über praktische Dinge, Wald, Feld, Wiese, Wasser und Moor. Allein als wir ausstiegen, hatte ich ihr versprochen zu versuchen, dem Baron sein Geheimnis zu entlocken oder wenigstens ihn zu überzeugen, seine Frau stünde allzeit fest und ohne Wanken neben ihm, es möge sein, was es wolle. Gewönne ich aber die Überzeugung, er sei einfach nervenkrank, so sollte ich ihn bewegen, endlich Heilung bei großen Ärzten zu suchen. Ich gab das Versprechen, obgleich ich mich keineswegs als den rechten Mann für eine solche Aufgabe fühlte, weil eine Stimme mir sagte, ich käme wohl kaum in die Lage, es auszuführen.

Als ich den von Efeumauern umgebenen Schloßhof kreuzte, setzten bereits Jagdwagen auf Jagdwagen Bankettgäste vor dem Portal ab. Die grünen steirischen Hüte mit Spielhahnfedern und Gamsbart mehrten sich in der weiten Garderobe. Ebenso Stöcke mit Hirschhornkrücken und Lodenjacketts. Die Jäger sollten als Jäger kommen, war vereinbart worden.

Die Tafel für etwa achtzig Personen war in einem Saal aufgestellt, dessen vier Wände von der Decke bis zum Fußboden mit Hirschgeweihen behängt waren. Die Kerzen steckten auf einer Reihe von Kronleuchtern, jeder ein Kranz ineinander verschlungener Hirschgeweihe. Sie wurden, als ich im Vorübergehen vom Flur aus in den Saal blickte, unter Aufsicht des Barons in Brand gesteckt. Es kann natürlich nicht anders sein; denn selbst am Tage wirkt ein Kronleuchter, der nicht brennt, wie ein toter Fremdkörper.

Konrad, wenn ich an diesen Anblick denke, hüpft mir mein Jägerherz. Die Jagdtrophäen von Generationen, Sechzehnender aus Jahrhunderten der Jägerei, mit den Schädeln daran, dicht bei dicht, wie gesagt, an der Wand! Wie eine wunderbare Zaubergrotte, meinethalben unter Wasser, sagen wir, ein Korallensaal im Schloß Neptuns, aber wärmer, sah es sich an. Man hörte jahrhundertelang gesammeltes und gehäuftes Waldrauschen. Ich gäbe, könnte ich ein solches Fest, wie es damals im ersten Teile war, noch einmal mitfeiern und nach Herzenslust Champagner trinken und Wildbret essen, die Hälfte meines noch übriggebliebenen kurzen Lebens darum. Aller Spuk des Waldes war gegenwärtig, die Quellnymphen und Baumnymphen, alle Rotkäppchen und Dornröschen. – Dann klangen plötzlich im Hofe die Jagdhörner... Ja, aber das war der Augenblick.

Ich wurde nämlich hinausgerufen. Die Baronin war nicht beim Bankett. Dagegen hatte mich das Verhalten des Barons über die Sachlage insofern beruhigt, als er sich freier und sorgloser als am Abend vorher betrug. Er lachte viel, trank und aß nicht wenig, schüttelte aus dem Ärmel Jagdgeschichten. Als er als erster den mächtigen mit jagdlichen Bildern gezierten Silberhumpen zum Umtrunk an die Lippen hob, improvisierte er ein Gedicht, das durch tosenden Beifall geehrt wurde. Er war lauter und lauter geworden, ja schließlich – ich glaubte nicht recht zu hören – sprach der Baron von Ostafrika.

Wie gesagt, ich wurde hinausgerufen.

Die Stimmung war bereits fortgeschritten, niemand hatte beachtet, daß sich der Generaldirektor entfernt hatte. Ich wurde in sein Büro geführt. Dort traf ich ihn, den Kreisarzt Talmüller und den ortsansässigen Amtsvorsteher. Man erhob sich, man tat es mit ernster Miene, von fern drang der Lärm des Gelages herein."

## 3

Als der Onkel in seinem Bericht bis zu diesem Punkt gekommen war, trat etwas ein, was mich nicht nur obenhin überraschte, sondern gewissermaßen bestürzte, weil mit einem Male fraglich wurde, ob ich das Ende dieser Geschichte je erfahren würde. Der Onkel ließ die erkaltete Tabakspfeife los, die jedoch an seinem sogenannten Großvaterstuhl lehnen blieb, legte den Kopf zurück und schlief ein.

Ich schlich mich zu Tante Ida, um mich – was sollte ich anderes tun? – zu verabschieden. „Aber Junge, was ist denn los?“ fragte sie. Worauf ich den Stand der Dinge berichtete. „Ach, nicht doch“, sagte sie, ohne die Stimme zu dämpfen, „er macht sein Nickerchen, und in fünf Minuten wacht er gestärkt wieder auf.“

Und wahrhaftig, so war es auch!

Als ob der Onkel von seiner kurzen Bewußtlosigkeit nichts wüßte, leerte und stopfte er wiederum seine Pfeife und entzündete sie mit dem Fidibus. Dann setzte er, als ob er sich nicht unterbrochen hätte, seine Erinnerungen fort. Mit seinen sinnenden Glotzaugen las er weiter die Geschichte der Vergangenheit gleichsam aus den quellenden, sich vor ihm lagernden und über ihm verschlingenden Rauchwolken.

„‚Wer wünscht zu sprechen?‘ fragte der Generaldirektor. ‚Ich denke, Herr Amtsvorsteher, Sie haben zunächst das meiste zu sagen. Wir wollen uns setzen, denn Übereilen und Überhasten führt zu nichts. Die Sache muß im Interesse der Herrschaft nicht nur geheimgehalten, sondern in Ruhe allseitig durchdacht werden.‘

Ich erfuhr also nun zunächst alles das, was der Nachtwächter meinem Forstassistenten gesagt hatte. Der Vorfall mit dem angeschossenen Weib, den ich gerüchtweise kannte, hatte sich wirklich zugetragen. Nur der Dolch war hinzugedichtet, wie ich bereits vermutet hatte. Die gefundene Frau war tatsächlich Mischblut, eine Farbige. Man hatte sie in ein Gasthaus getragen, wohin sie verlangt hatte. Es lag ziemlich einsam an der Landstraße. Man fand dort ihren Sohn, den sie Scipio nannte, einen schönen zwölfjährigen Knaben von hellerer Farbe, schlummernd vor, dessen Gesichtsschnitt erstaunlich europäischen Charakter hatte.

Der Generaldirektor bat jetzt den Kreisarzt, zu sprechen. Er stellte sich vor, er sei Kreisarzt Talmüller. Er habe die Armwunde untersucht, die nicht bedeutend sei, und einen Verband angelegt. Freilich habe der Blutverlust die Fremde geschwächt, und sie habe auch Temperatur. Nicht zu verwundern, sie habe ja die Nacht auf der Erde im feuchten Grase zugebracht. Sie liege zu Bett, und er habe ihr eine Pflegerin beigeben müssen.

Dies sei der Punkt, sagte Kreisarzt Talmüller, um dessentwillen er und der Amtsvorsteher den Herrn Generaldirektor aufgesucht hätten. Die Fremde sei nicht angemeldet, das Wirtshaus sei sehr abseits gelegen. Wirte an solchen Plätzen, wenn sie von ihren Gästen bezahlt werden, beachteten meistens Polizeiverordnungen nicht. Die Kranke, die ein wenig Deutsch mit englischem Akzent spreche, habe der Pflegeschwester gegenüber erklärt, sie sei eine Baronin Degenhart. Der Kreisarzt zuckte die Achseln und lachte: ‚Diese Behauptung läßt verschiedene Schlüsse zu. Erstens auf eine Abenteurerin, zweitens auf einen typischen Fall von Irresein. Daß diese Frau eine Geisteskranke ist, hat für mich neunzig Prozent Wahrscheinlichkeit. Ihre Wunde ist eine Schrotwunde; eine entsprechende Waffe fand man bei ihr nicht. Es kann eine Art Revolver gewesen sein, und den hat sie dann eben fortgeworfen, ich nehme an, man findet ihn noch. Denn ihr Mann, sagt sie, habe sie angeschossen, was den Schloßherrn von Konern betreffen würde. – Eine Absurdität, wodurch sich das typische Bild einer Paranoia abrundet.‘

Sie seien gekommen, sagte wieder der Amtsvorsteher, um den Generaldirektor zu veranlassen, den

Fall persönlich in Augenschein zu nehmen, um gemeinsam zu verhüten, daß die Herrschaft davon belästigt werde, ja davon auch nur erfahre.

Sogleich erhob sich Geheimrat Kranz. Er habe den Eindruck, daß ich als alter Afrikaner ihnen bei Untersuchung des Falles sehr nützlich sein könnte.

Und so ward beschlossen, ohne Verzug nach dem einsamen Wirtshaus aufzubrechen. Daß man uns vermissen würde, war bei dem Toben des Jagdfestes keine Gefahr. Wir entfernten uns durch ein Seitentor, der Generaldirektor und ich auf dem schnellsten Gefährt, das im Schlosse zu finden war, der Kreisarzt mit dem Amtsvorsteher in eigener Kutsche.

Während des Fahrens sagte der Geheimrat zu mir: ‚Unser allerhöchster Herr Baron ist doch überaus sonderbar. Im Stall steht zu einer Stunde jedes Tages sein Leibpferd gesattelt und gezäumt, eine Trakehner Stute, fünfjährig, die unter ihm alles tut, was beinahe unmöglich ist. Sie nimmt zunächst jedes Hindernis. Sie stürzt sich mit ihrem Reiter in jeden Strom, ich würde mich nicht wundern, wenn sie wie eine Eichkatze an den Bäumen hinaufkletterte. Und ihre Schnelligkeit auf kupiertem Gelände ist märchenhaft.‘

Unwillkürlich zitierte ich, ich erinnere mich genau, indem ich den Geheimrat bedeutsam anblickte:

‚Knapp', sattle mir mein Dänenroß,
daß ich mir Ruh' erreite.
Es wird mir hier zu eng im Schloß,
ich will und muß ins Weite.‘

Wie sehr sollte ich, was ich nicht ahnte, recht behalten!

Nun, lieber Neffe, würde ich, wenn ich ein Schriftsteller wäre und von diesen ereignisreichen zweimal vierundzwanzig Stunden nicht nur wie jetzt so unverantwortlich vor mich hin schwatzte, sondern ihnen eine schriftliche Kunstform gäbe, ein neues Kapitel anfangen."

Er schmauchte und lachte in sich hinein.

„Der Mensch ist ja eben sehr zwiespältig. Daß ich einen Stiefel vertrug, ist ja selbstverständlich. Immerhin hatte mich der Wein in eine etwas gehobene Stimmung versetzt, weshalb mir denn auch der Vierzeiler über die Lippen rutschte. Von dem nackten Ernst, der dahinter steckte, ahnte ich in der Tat noch nichts.

Es war keine halbe Stunde vergangen, eh wir uns in der Schenke des kleinen, entlegenen Wirtshauses wiederum gegenüberstanden, der Amtsvorsteher, der Arzt, der Geheimrat und ich. Ich sollte mit dem Arzt zu der Patientin hinaufgehen, wurde beschlossen, da ich etwas Englisch und einige Worte Kisuaheli verstand.

Bevor ich mich aber zu ihr begab, erschien plötzlich bei uns, ziemlich erregt, die Pflegerin, die einesteils nicht genug Liebes und Gutes von ihr erzählen konnte, dann aber, sehr erschrocken, ja bleich, eine lederne Aktentasche auf den Tisch legte, und zwar mit den Worten: ‚Herr Amtsvorsteher, prüfen Sie selbst, der Inhalt ist fürchterlich.'

Die Tür der Schenkstube wurde geschlossen, wir alle vier gelobten Stillschweigen, auch die Pflegerin wurde darauf verpflichtet und hernach – es vergingen dreiviertel Stunden darüber – der Inhalt der Tasche durchgeprüft.

Nun, Konrad, zum Donnerwetter nochmal, das fuhr uns doch allen recht stark in die Glieder. Die Prognose des Kreisarztes Talmüller erwies sich als falsch, sie wurde durch den schrecklichen Inhalt der Tasche völlig über den Haufen geworfen.

Der Generaldirektor kannte genau die Handschrift des Barons Degenhart. In etwa dreißig Briefen an eine Geliebte, deren Namen nicht zu entziffern war, konnte er sie feststellen, völlig gestützt durch die Unterschrift des Barons: Alfons Degenhart.

Die Briefe waren ein seltsames Sprachgemisch, Englisch, Kisuaheli und Deutsch. Zwanzig Briefe ungefähr, die unzweifelhaft die gleiche Adressatin hatten, zeigten auf den Umschlägen, die erhalten waren, den Namen Baronin Degenhart und hatten Dar es-Salam als Bestimmungsort. Das Schlimmste aber war eine Heiratsurkunde, von einem Missionar ausgestellt und von einer englischen Behörde gestempelt. Die Heirat hatte stattgefunden zwischen der Tochter eines eingeborenen Großkaufmanns und Baron Alfons Degenhart.

Du kannst dir denken, wie wir uns anstarrten.

Die Frage war: Gibt es auf der Welt außer unserem noch einen anderen Baron Degenhart?

Aber da griff die Pflegerin ein und nahm aus einem getrennten, mit einem Knopf geschlossenen Fach zwei Photographien, die leider unverkennbar unseren, wenn auch erheblich jüngeren Degenhart vorstellten. Auf der einen trug er die sehr mitgenommene Tropenuniform, mit der er bei uns am Lagerfeuer gesessen hatte.

Es war auch für mich nicht mehr möglich zu zweifeln, wen ich vor mir hatte.

Also die Lage, mein Junge, war eindeutig.

Auch damals standen die Inhaber solcher Herrensitze wie Konern nicht über dem Gesetz, weshalb selbst der Amtsvorsteher, vom Generaldirektor und von uns anderen nicht zu reden, die wir die gar nicht abzusehenden schlimmen Folgen von dem Baron und besonders seiner Gattin und deren Kindern abhalten wollten, an dem Gelingen dieser Absicht zweifelte. Wurde der Sachverhalt mit der Bigamie ruchbar, so war der Baron nicht zu retten, so hoch seine Stellung auch sein mochte.

Das Wort Zuchthaus ist schauderhaft auszusprechen, und doch hing die Zuchthausstrafe zweifellos über ihm. Was ist das Damoklesschwert dagegen: es droht ja nur mit dem physischen, nicht aber mit dem bürgerlichen Tod.

Die ersten Schritte zur Rettung des schlesischen Hauses Degenhart-Weilern hatten festzustellen, ob Bibi – so ward in den Briefen die farbige Gattin von dem Baron genannt – irgendwie mit sich reden ließe. Die Lage war wohl so gut wie gerettet, wenn sie, meinethalben mit einer gehörigen Abfindungssumme, stillschweigend, wie sie gekommen, wieder im dunklen Erdteil verschwand.

Sie konnte jedoch ein Werkzeug sein, eine Puppe, in Händen von rücksichtslosen Drahtziehern. Dann freilich erschwerte sich die Aufgabe.

Der Geheimrat befürchtete es.

Er deutete an, alles wäre einem bestimmten, unversöhnlichen Konsortium naher Verwandter der Herrin von Konern zuzutrauen. Sie hatten es sich Geld kosten lassen, dem Vorleben Degenharts nachzuspüren, und hatten vielleicht, ja sehr wahrscheinlich den schwarzen Schatten der glänzenden Glücksumstände des Barons in Ostafrika aufgestört. Im Zusammenhang hiermit hatte der Geheimrat, wie er mir später sagte, auf einen vielgereisten Pastor und Missionsdirektor Verdacht.

Ich ging dann also, und zwar allein – man hielt es für gut –, zu Bibi hinauf.

Konrad, der Eindruck war fürchterlich. Eine Frau lag da im Bett, deren Körper und Geist, wie sich bald herausstellte, Entbehrungen, Mühsale und

Überanstrengungen aller Art zerrüttet hatten. Das zerfaltete, europäischen Formen angenäherte alte Gesicht hatte vom Negertyp eigentlich nur das Kraushaar behalten. Um die keineswegs wulstigen Lippen liefen viele Fältchen zusammen; das war äußerst ausdrucksvoll und zeugte von harter Verbitterung. Alle Leiden und Qualen der Seele, die möglich sind, hatten sich mit deutlichen Schriftzeichen in ihre ausgebildete Stirn gegraben.

Sie lag mit geschlossenen Lidern da. Als sie aber die Augen öffnete und mich ohne Verständnis anblickte, schienen diese Augen an sich durch und durch Schmerz zu sein.

Die kleine Mansarde war von der Pflegeschwester in einen leidlich wohnlichen Zustand versetzt worden. Die Lappen, Lumpen und Kleiderfetzen der erbarmungswürdigen Frau hingen nebenan in der Dachkammer. Dort lag auf einem Strohsack ohne Bettstelle ihr ebenfalls ausgemergelter, etwa zwölf Jahre alter Sohn, genannt Scipio, bei dem der Kreisarzt schwere Unterernährung, leichten Lungenspitzenkatarrh und Temperatur festgestellt hatte. Es blieb ein Rätsel, wie diese Frau den Weg bis hierher gefunden, zurückgelegt und überlebt hatte. Später wurde dann festgestellt, daß sie mit einer Hamburger Dampferlinie gekommen war. Ihre Zwischendeckkarten waren in Dar es-Salam gekauft, und dort hatte sie auch das Schiff bestiegen. Sie hat, wie man heute annimmt, die Fahrt um das Kap bis Hamburg aus eigenen, mühsam ersparten Mitteln bezahlt.

Von dort aus hat sie sich mit Scipio auf alle möglichen Arten und Weisen zäh bis an das fest im Sinne sitzende Ziel durchgeschlagen. Meist hatte sie gebettelt und wurde mit ihrem Sohn deshalb mehrmals festgesetzt. Die Nächte wurden im Freien, manchmal in Strohschobern, manchmal in verfallenen Baracken zugebracht. Eine Gruppe Zigeuner hatte die seltsame Mutter und ihren Sohn aufgegriffen und mehrere Tage lang in den Wagen mit sich geführt. Dann hatte sie hier, in Konern angelangt, und zwar in diesem Gasthaus, zuerst eine eiserne Ration angegriffen, die sie versteckt mit sich führte und die aus fünf oder sechs alten Dukaten und ebenso vielen Zwanzigmarkstücken in einem seidenen Beutel bestand.

Es war nicht viel mit ihr anzufangen, das hatte mir schon der Arzt vorausgesagt, der gleich bei der Ankunft seine Patientin besucht hatte.

Das Wundfieber hatte zugenommen.

Sie stützte sich auf den gesunden Arm und durchbohrte mich mit den qualvollen Augen, vergeblich bemüht zu wissen, was oder wer ich war.

Sie verfiel darauf in ein Kauderwelsch, mischte Kisuaheli, Englisch und Deutsch durcheinander und erzählte mir so sehr hastig, dringlich, dabei intim und geheimnisvoll: eine Baronin Degenhart sei hier eingetroffen, sehnlich von ihrem Mann erwartet, den böse Dämonen von ihr getrennt hätten.

Bald saßen wir wieder in der Kutsche, der Geheimrat und ich. In beschleunigtem Tempo mußten die Pferde uns nach dem Schloß zurückbringen. Mir lag der furchtbare Eindruck im Sinn, den ich in der Mansarde gehabt hatte. Ich vertrug einen Puff, doch hatte mich diese Wirklichkeit, die einer gänzlich unwahrscheinlichen Erdichtung an Unwahrscheinlichkeit überlegen war, völlig aus der Fassung gebracht.

‚Ich kann nicht denken', sagte ich, ‚daß irgendein Mensch die Lage, in der sich unser Baron jetzt sieht, zu überleben imstande ist. Ein Haufen Lumpen, ein mit Haut überzogenes Skelett, unzweifelhaft seine erste Frau und sein wahrscheinlich todgeweihter Sohn, beide von ihm zugrunde gerichtet.'

,Ich denke darüber nicht nach', sagte der Geheimrat.

Die Papiere der Fremden waren in seiner Hand. Ich merkte, er schwieg in tiefem Nachsinnen. Wie zu sich selber bemerkte er dann, es wäre ja möglich, ja beinahe wahrscheinlich, daß es mit der Fremden zu Ende ginge. Auch der Kreisarzt deutete das an. Auch ich vermochte das nur zu bestätigen. Ich hatte tatsächlich den Eindruck einer vom Tode Gezeichneten.

So bereichert durch ein bleiernes Wissen, das wir gern von uns geworfen hätten, bogen wir in den Schloßhof ein, wo uns die Musik und der Lärm des Banketts, als wäre durchaus nichts geschehen, entgegenrauschten.

Unterwegs hatte ich dem Geheimrat auch noch meine Unterredung mit der Schloßherrin von Konern genau erzählt und ihm dabei zu bedenken gegeben, ob man nicht diesen edlen und starken Geist von allem sofort unterrichten solle. Sie wisse, was für sie und ihre Kinder auf dem Spiele stehe. Sie werde gewiß ihren Mann nicht preisgeben und ihrerseits in der Berührung mit der armseligen Mitschwester von Frau zu Frau das Richtige tun.

Darauf kam der Geheimrat zurück.

Wir wollten ein halbes Stündchen verschnaufen, in seinem Haus uns wieder treffen, meinen Vorschlag nochmals erwägen und, falls wir ihn gelten ließen, ihn ohne alles Zögern ausführen. Der Baron selber konnte für irgendeine Mitwirkung in der Sache – darüber waren wir beide uns einig – zunächst durchaus nicht in Betracht kommen.

Um mich ein wenig abzukühlen, suchte ich meinen Adlatus, den bei gegebenen Umständen gänzlich überflüssigen Forstgehilfen, auf, der in einem Zimmer über dem Marstall wohnte. Ein Bereiter, gestiefelt und gespornt, stand vor der Tür. Er sah mich und schlug die Hacken zusammen.

Die Pferde von Konern waren berühmt; ich sagte dem Bereiter etwas dergleichen. Sie hätten, war seine Antwort, wieder ganz herrliche Dreijährige. Er würde dies und das gern vorführen. Die Stallknechte führten mir Pferde vor. Es tat mir gut, denn es konnte mich ablenken. Ich vergaß für Minuten die schwarze Wolke, die niedrig über dem Haus hing.

Ich tat auch einen Blick in den Stall.

In der ersten Box stand ein gesatteltes und gezäumtes Pferd. Es war Bibi, das Leibpferd des Barons. Wehe, wer sich auf Bibi setzen wollte, sagte der Bereiter, er bekäme es mit unserem gnädigen Herrn Baron zu tun.

Bibi! Bibi hatte der Baron in den Briefen das afrikanische Käthchen von Heilbronn immer wieder genannt.

Weshalb das Pferd so gesattelt stehe? Obgleich ich es wußte, fragte ich. Der Baron wolle, hieß es, gegen Schluß des Banketts ausreiten. Er habe von ihm konstruierte Satteltaschen mit einigem Inhalt heruntergeschickt. Der Bereiter zeigte mir, wie sie festgemacht waren.

Mein Forstjüngling war nicht aufzufinden, und die Zeit zur Wiederbegegnung mit dem Geheimrat war da.

‚Man darf keine Zeit verlieren‘, sagte er. ‚Wenn Sie meiner Meinung sind, suchen wir die Baronin auf.‘

Wir wurden sogleich vorgelassen.

In den entlegenen Flügel, dahin sie sich zurückgezogen hatte, drang von dem wilden Bankett kein Laut.

‚Seltsam, da sind Sie', sagte die schöne Schloßfrau, indem sie uns forschend anblickte. ‚Ich weiß nicht, wieso, aber daß Sie kommen würden, das wußte ich.'

Wir schwiegen zunächst, weil wir spürten, daß sie noch mehr zu sagen wünschte.

Sie sei, sagte sie, voller Unruhe. Seit dem Beginn des Banketts habe sie allerhand anzufassen versucht, aber alles wieder fortgeworfen. Sie habe über allerlei nachgedacht und sei dabei mit ihren Gedanken vom Hundertsten ins Tausendste geraten. Plötzlich jedoch unterbrach sie sich und erklärte, uns scharf anblickend, sie glaube sich nicht zu täuschen, wenn sie annähme, wir seien gekommen, weil wir den dunklen Punkt im Vorleben ihres Gatten entdeckt hätten.

Wir waren von so viel Sicherheit konsterniert und konnten nicht einmal mit dem Kopf nicken.

‚Nehmen Sie also Platz, meine Herren', sagte sie, und als es geschehen war, ohne Übergang: ‚Diese angeschossene Frau im Park, was ist das denn nun für eine Geschichte?'

Ich hörte den Geheimrat sagen: ‚Frau Baronin haben davon gehört?'

‚Ja', gab sie zur Antwort, ‚nur nicht genug.'

Wir wüßten Genaues darüber nicht.

‚Ich will Ihnen etwas sagen, meine Herren, doch es bleibt unter uns: Der Baron hat sie angeschossen.'

Wir hatten das wohl für möglich gehalten, aber ohne Beweise dafür. Wir konnten es deshalb füglich bezweifeln.

Sie wies uns ein kleines Vogelgewehr, das man im Park gefunden hatte. Es war ein Geburtstagsgeschenk von ihr an den Gatten. Ihr Vorname Heliodora war in den Lauf graviert und das soundsovielte Geburtstagsdatum des Barons.

Nun, Konrad, wir gingen an unser Werk.

Einer Frau, die von sich aus bereits so weit vorgedrungen war und dabei die Entschlossenheit der Baronin, hinter alles zu kommen, zeigte, durfte man die ganze Wahrheit nicht vorenthalten. Wenn irgend jemand, so war sie selber dazu geschaffen, in dieser Sache sich und ihr Haus zu vertreten.

Zunächst hatte das Wort der Generaldirektor. Er trug das ganze Geschehnis, angefangen mit der Auffindung der Verwundeten, den Vermutungen des Kreisarztes, dem Besuch im Waldwirtshaus bis zum Fund der schrecklichen Dokumente und ihrer Untersuchung vor. Die mit ihnen gefüllte Mappe legte er auf das Nähtischchen.

Hiernach schilderte ich meine Eindrücke.

Während des Zuhörens ließ die Baronin sich einmal auf einen Stuhl nieder und legte die Hände vor das Gesicht. Das andere Mal, als ich ihr den erbarmungswürdigen Zustand der Mulattin und ihres Sohnes schilderte, preßte sie beide Fäuste vor den Kopf. Dann aber – allen Respekt vor dem männlichen Geist und Charakter – fragte sie uns mit Entschiedenheit, ob wir schweigen und ob wir ihr beistehen wollten.

Nachdem wir bejaht hatten, sagte sie, sie danke uns, wir hätten ihr einen wahrhaften, nie zu vergessenden Dienst getan. Alle weiteren Schritte seien ihr nun auf das bestimmteste vorgezeichnet. Es sei zu bedauern, daß der Amtsvorsteher und der Kreisarzt von der Existenz dieser Briefe und der anderen Papiere wüßten. Aber wie es auch sei, niemand werde je wieder Einblick in sie erhalten. Sie sterbe lieber, als daß sie ihre Kinder mit Schmach bedeckt, enterbt und verachtet sähe. Sie bäte den Geheimrat, sofort die Überführung des armen Weibes und ihres Sohnes in die Wege zu leiten, und zwar die Überführung ins Schloß. Sie nannte den Trakt, in dem man sie unterbringen, mit den besten Ärzten und Pflegerinnen versehen und alles tun werde, um sie wiederherzustellen. Sie selber werde nicht müßig sein und bei dieser Arbeit nach bestem Vermögen mithelfen. Sie fahre sofort mit ihrem Juckergespann zu dem Weibe hinaus.

Das alles geschah in der gleichen Stunde, nachdem sie uns verpflichtet hatte, dem Baron gegenüber von allem zu schweigen: ‚Wie mein Mann sich aus der Affäre ziehen wird, weiß ich nicht. Ich kann ihm das nicht vorschreiben. Wenn ich aber meinen Charakter besäße und er wäre, so gäbe es für mich nur einen Weg. Der eine liebt mehr das Leben und der andere die Ehre.‘

Am folgenden Morgen ließ die Baronin mich zu sich rufen. Es war für zwanzig und mehr Jahre mein Abschiedsbesuch. Er brachte die Schlußsensation.

Der Baron war nach dem Bankett auf Nimmerwiedersehen davongeritten.

Ich darf dies heute sagen, denn in Wahrheit hat man bis heute nie wieder etwas von ihm gehört.

Die Baronin zeigte mir seinen Abschiedsbrief."

Der Onkel stand auf und nahm die Kopie aus einem Schreibpult. Er setzte sich wieder, griff eine Brille, setzte sie auf und las:

„Forsche nicht nach mir, gräme Dich nicht um mich, vergiß mich. Sei sicher, daß ich nie mehr auftauche."

Dann sagte er: „Zwar die verwitwete Frau las diese Worte unter Tränen vor, auch gelang es ihr nicht, einen Schluchzer zu unterdrücken. Dann aber sah sie mich klar, entschieden und, wenn ich nicht irre, befriedigt an.

Du magst noch erfahren, lieber Neffe, daß die Baronin ihre afrikanischen Gäste völlig gesund pflegen ließ und pflegte. Erst nach zwei oder drei Jahren ging die Mulattin, die an der Baronin mit rührender Liebe hing, aus Heimweh nach Dar es-Salam zurück. Die Baronin ließ sie auch dort nicht aus den Augen.

Scipio ist von der Baronin zu Verwandten in England gegeben und dort mit aller Sorgfalt erzogen worden.

Von den Papieren in der Mappe hat niemand mehr gehört."

Mein Onkel schloß: „Plaudite, amici, comoedia finita est."

## 4

Die Erzählung von Onkel Adolf im Kopf, machte ich am nächsten Tag den langsamen Anstieg vom Fuße des Gebirges durch die Vorberge über Bolkenhain und Hirschberg bis Schreiberhau zurück. Ich führte mein Zweirad oder nahm es bei ebenen Strecken in Anspruch. Ich dachte natürlich auf meine Art über alles Gehörte nach, hatte zuletzt auch noch den Erzähler mit dieser und jener Frage belästigt. So wollte ich wissen, was nach der Vermutung des Onkels aus dem Baron geworden sei?

Der Onkel zuckte die Achseln: „Er ist gestorben, wenn er gestorben ist, Konrad, und lebt, wenn er lebt. Das Leben selber genommen hat er sich nicht. Dazu hing er zu sehr daran und nahm es durchaus als ein ihm aufgedrängtes Abenteuer. Er ist meiner Ansicht nach aus seiner schlesischen Ehe wie ein Wildpferd aus dem prunkenden Marstall gesprungen, in den man ihn eingeschlossen hatte und wo er Hafer und Heu – Gott weiß – ad libitum zu essen bekam. Lebt der Baron, dann wiederum nur versteckt und ohne Namen in irgendeinem Teil von Afrika. Keinesfalls aber in einer unserer jüngst erworbenen Kolonien. Vielleicht im Süden, bei den Buren als Knecht oder in einem Kafferndorf unter Kaffern – möglicherweise auch irgendwo am Kongo versteckt."

Mein Besuch beim Onkel, so überaus denkwürdig durch sein Gastgeschenk, hatte Ende September stattgefunden.

Gegen Ende November wiederholte ich ihn.

Aber der Onkel war tot. Eine schwarzgeränderte Anzeige hatte sein Ableben mitgeteilt und das Datum, an dem er begraben wurde.

Diesmal erreichte ich Jauer mit der Bahn.

Dem Sarge folgte zunächst eine Abordnung der fürstlich P.schen Jägerei, hernach der ganze Kriegerverein, diesem ein halbes Hundert nicht sehr tragisch gestimmter Zylinderhüte und Schwarzröcke. Dazwischen gingen auch einige Frauen. Im ersten Wagen saß die Tochter des Onkels, meine Base, mit ihrem Mann. Er war ein einfacher junger Revierförster. Der Rücksitz war mit Kränzen belegt. Im zweiten Wagen saßen der Sohn des Onkels und ich. Kaum fünfunddreißigjährig, war mein Vetter schon Oberlehrer. Die Equipage der Baronin Degenhart, in der sie mit einer Begleiterin saß, folgte.

Die Honoratioren der Stadt Jauer schlossen sich in einer Reihe anderer Kutschen an. Zuletzt kam der leere Galawagen des Fürsten, in dessen Dienst mein Onkel gelebt hatte und gestorben war.

Die Exequien am offenen Grabe, über dem der geschlossene Sarg zu schweben scheint, sind bekannt. Das des Onkels lag seltsamerweise neben dem Grabhügel, über dem noch die frischen Kränze geraschelt hatten, als der Onkel, mit den Stiefeln an sie streifend, mir von den Tagen in Ungarn erzählte.

Zwangsweise dachte ich daran und hatte Not, meinen Ernst zu bewahren, während der Pastor mit gefalteten Händen gleichsam auf den Sarg und den darin Ruhenden einredete.

Mir war, als hätten wir beide ein Geheimnis, der Tote und ich, und wären durch eben das gleiche verhaltene Lächeln verbunden.

Mein Vetter und sein Vater verstanden einander nicht, ihre Naturen waren zu gründlich verschieden. Der Sohn besaß eine mimosenhafte, schwer zu erfassende Innerlichkeit, der Vater war mit überschäumender Kraft dem Leben verschworen. Er hätte wie Tizian am Südabhang der Alpen geboren sein können, das Meer und die Sonne, Bewegung und Glut in den Adern.

Ich hatte Tante Ida besucht, die wie immer in ihrer Kammer lag. Wo stammte sie her? Es war ein volles Deutschtum in ihr, aber irgendwo in der Fremde aufgesäugt und mit tschechischem oder ruthenischem Blut gekreuzt. Ihre hohe Stirn, ihre gewölbten Schläfen, die bleiche Haut und die blauen Adern darin, ihren Ernst, ja die Melancholie ihres Organs hatte der Sohn.

Wie seltsam, daß seine Mutter ihn dem Vater fernergerückt, meine Mutter, die dessen Schwester war, mich seinem Vater näher. Ich hatte ihn als Erwachsener nur einmal gesehen, und es gab keine Fremdheit zwischen uns.

Mir gegenüber unter den Leidtragenden, am anderen Rande des Grabes, stand, in einen kostbaren Pelz vermummt, die Baronin Degenhart. Die Erde war hart, frühzeitiger Frost war eingebrochen. Ich konnte die Dame in Ruhe beobachten. Der Sermon des Geistlichen war vorüber. Der Generaldirektor des Fürsten sprach, es folgte ein Oberförster; eine Ehrensalve ward über dem Grab gelöst, und schließlich erfolgte eine musikalische Huldigung der Jägerei, es ertönten die Jagdhörner.

Während dieser ganzen Zeit konnte ich nur die Baronin anblicken, die hie und da mit einem befremdeten Blick gleichsam herüberfunkte. Mir war dabei, als ob mir der Tote im Sarge ununterbrochen mit leisem Geflüster zuspräche:

„Sie lud mich ein, als ich in Jauer auftauchte. Sie bewohnt noch immer ihr altes Mädchengelaß. Sie hat in der schwierigen Sache reine und gründliche Arbeit gemacht. Der Amtsvorsteher ist gestorben. Er erhielt bis zuletzt sein Deputat, Milch, Butter, Eier, Kartoffeln. Der Kreisarzt Talmüller, der sein Amt aufgegeben hat, ist in der Familie Leibarzt geworden. Er bezieht Jahr für Jahr ein festes Gehalt."

Als der Sarg in die Tiefe der Erdöffnung niedergesunken war, auch ich meine Erde auf ihn geworfen hatte, trat auf der Gegenseite die Baronin heran, um das gleiche zu tun.

Meine Nerven waren sehr aufgepeitscht. Deutlich, so daß ich diese Erscheinung noch heute, wäre ich ein Maler, malen könnte, blickte über ihre linke Schulter der Baron, die Afrikanerin über die rechte.

# NACHWORT

Lesen habe er nicht in der Schule gelernt, sondern am *Robinson* Defoes und Coopers *Lederstrumpf*, berichtet Gerhart Hauptmann in seiner Autobiographie *Das Abenteuer meiner Jugend*. Und er sagt weiter: „Durch Robinson und Lederstrumpf haben meine Träume und meine Spiele richtunggebende Nahrung erhalten.“ Es lag einiges bereit im Geist des lebhaften Knaben, der am 15. November 1862 zu Ober-Salzbrunn im Hotel „Zur Krone“ geboren wurde und der früh schon frei ausschwärmen durfte in die Festsäle und geheimnisvollen Kammern des großen Hauses, in die Bier- und Kutscherstube des Fuhrhalters Krause, zur Elisenhalle mit ihrer dorischen Architektur, in die Gärten, ins Gewächshaus, in die Pferdeställe und weiter bis zum Hochwald. „Rase doch nicht immer so!“ sagte der Vater, und die Frau des Fuhrwerksbesitzers Krause hielt sich die Ohren zu: „Hör auf, hör auf, dein Schreien macht mich verrückt, Junge!“

Dieses also ist das *eine* Element: Bewegungsdrang, überschäumende Lebenslust, Entdeckerfreude. Es steckt in jedem gesunden Kind ebenso wie die Neigung, nachzudenken, Fragen zu stellen, sich Träumen hinzugeben. „Gerhart, träumere nicht!“ mahnte die Mutter. Aber beides, das Wilde und das Meditative, war in dem jüngsten Sohn des Hotelbesitzers Hauptmann stärker entwickelt als bei anderen Kindern. Kosmische Träume und die schmerzvoll-frühe Erkenntnis menschlicher Einsamkeit bedrängten den Fünfjährigen. „Ich versann mich bei jeder Gelegenheit“, lesen wir in der Autobiographie, „so daß man die Frage immer wieder mit Recht an mich richten konnte: komm zu dir! wo bist du denn?! Ich versann mich etwa, wenn ich vor der Zeit meines ersten Schulgangs, das Kinn in die Hände gestützt, am Fenster lag und auf den fernen Hochwald starrte, den heiligen Berg, hinter dem die Welt zu Ende war und von dessen Spitze aus man in den Himmel stieg."

Hier macht sich, sehr früh, ein mystischer Zug bemerkbar. Er tritt, bald magisch-heidnisch, bald christlich gefärbt und genährt durch das Studium Jakob Böhmes, der Ketzergeschichte und Vertiefung in die Gnosis, auffallend stark im Schaffen Gerhart Hauptmanns hervor. Nach der Begegnung mit einem Sektierer in Zürich, Sommer 1888, entsteht die Skizze *Der Apostel.* In ihr und den noch unveröffentlichten *Jesus-Studien,* die sich zwanzig Jahre später in dem großen Roman *Der Narr in Christo Emanuel Quint* (1910) breit entfalten, liegen Keime für zahlreiche dramatische Arbeiten und für Erzählungen und Romane, die zum Teil Fragment geblieben sind *(Die Wiedertäufer, Der neue Christophorus).* Der Kampf zwischen Heidentum und Christentum wird in einigen Arbeiten noch einmal in aller Härte ausgefochten, und nicht immer triumphieren am Ende, wie die Meisternovelle *Der Ketzer von Soana* (1918) zeigt, die christlichen Elemente. Magie und Mystik gewinnen in den späten Werken Hauptmanns, im *Märchen* (1941), der Novelle *Mignon* (1947) und in dem Terzinenepos *Der große Traum* (1942 und 1956) oft das Übergewicht und doch wird man sich hüten müssen, in der Verbindung des Sinnlichen mit dem Übersinnlichen eine Vermischung oder Vertauschung von Wirklichkeit und Vorstellung zu sehen. Wohl hat Gerhart Hauptmann gesagt „Erzählungen bedeuten Träume, mündlich oder schriftlich in Worte gefaßt", aber er hat doch seine Art, aus Gehörtem und Geträumtem eigene Geschichten zu entwickeln, abgegrenzt gegenüber einer „krankhaften Art zu imaginieren", wie er sie schon vor seiner Schulzeit an einem Salzbrunner Spielkameraden, dem Apothekersohn Alfred Linke, erlebt hatte: „Wirklichkeit blieb in meinem geistigen Haushalt Wirklichkeit, und Vorstellungen der Einbildungskraft wurden von mir nur als solche gewertet."

Allerdings waren diese Vorstellungen der Einbildungskraft schon in dem Kinde sehr stark. Das Erzählen war ihm Lust und Notwehr zugleich. „Wer mir die ersten Märchen erzählt hat", heißt es im *Abenteuer meiner Jugend,* „weiß ich nicht, ich nehme an, meine Mutter. Ich selbst aber habe sehr früh den Kindern des Fuhrmanns Krause, Gustav und Ida, Märchen erzählt, und zwar in der Stube der Krause-Leute, winters, zur Zeit der Dämmerung. Wir hockten auf Fußbänkchen in der ‚Helle'. Das war ein gemütlich beschienener Winkel zwischen Ofen und Wand. Ida und Gustav wurden nicht müde, mir zuzuhören, selbst wenn ich Erfindungen auf Erfindungen stundenlang gehäuft hatte."

Die Schule mit ihren Forderungen drang kaum in diesen magischen Kreis der Vorstellungskraft. Acht Jahre später, in der Pension des Breslauer Gefängnisgeistlichen Gauda (Urbild des Pastors Angermann), erzählt der Sextaner Gerhart den Kindern wiederum Geschichten. Das väterliche Hotel in Salzbrunn wird nun zum Märchenschloß, „darin eine Liebes-, Hexen- und Räuberromantik bis zum Menschenfresser und Blaubart sich auslebte. Auch Lederstrumpf und Robinson Crusoe spielten wieder hinein..."

In dieser Darstellung gibt sich bereits die Eigenart und der Rhythmus der späteren dichterischen Produktion zu erkennen: Übernommenes und Selbsterlebtes verbinden sich zu Erzählungen, in denen bei aller Vielfalt doch immer ein unverwechselbarer Ton beherrschend bleibt. Zuerst wird nur frei erzählt, an eine Niederschrift nicht gedacht: so, wenn der in der Schule Gescheiterte, der nun bei Onkel Schubert auf dem Dominium Lohnig die Landwirtschaft erlernen soll, die Dorfkinder in den Arbeitspausen mit Geschichten füttert oder wenn der Einundzwanzigjährige, der damals noch Bildhauer werden will, auf seiner ersten großen Seefahrt von Hamburg nach Marseille in der Mannschaft des Frachtschiffes „Livorno" ein „unersättliches Publikum" findet.

Ja, Erzählungen begleiten das Leben des Mannes, der in viele seiner lyrischen und dramatischen Arbeiten, vor allem aber in epische Vers- und Prosadichtungen stets aufs neue hineinnimmt, was ihm, vorwiegend in seiner Kindheit und Jugend in Schlesien, aber auch auf den Schauplätzen späterer Jahre, in Hohenhaus bei Dresden, auf Hiddensee und in Oberitalien, in Berlin und in der Umgebung von Berlin begegnet ist. In Erkner entstehen vor dem Drama *Vor Sonnenaufgang*, das am 20. Oktober 1889 einen Theaterskandal auslöste und Gerhart Hauptmann mit einem Schlage berühmt machte, die Novellen *Fasching* und *Bahnwärter Thiel*. Der Drang zu erzählen macht sich auch bei dem jungen Dramatiker stark bemerkbar. Wir finden sehr ausführliche Bühnenanweisungen, episch anmutende Beschreibungen der Schauplätze und der Personen. Doch auch hier bewahrt ein früh entwickelter Kunstverstand den Dichter vor einer Vermischung der Formen. Er befolgt eine Definition, in der er streng unterscheidend sagt: „Die dramatische Kunst fingiert Gegenwart. Sie hat einen unsichtbaren Schöpfer, allerdings einen unsichtbar Gegenwärtigen, der sich in seinen Geschöpfen dokumentiert. Die epische Kunst lebt von der historischen Fiktion. Sie setzt einen Erzähler voraus."

In den besten Novellen Gerhart Hauptmanns, dem *Ketzer von Soana* und der unwahrscheinlichen Geschichte *Das Meerwunder* (1934), finden wir eine souveräne, höchst kunstvolle Verwendung des Erzählers. Der Dichter beherrscht die traditionelle Technik der Rahmenhandlung. Er gibt durch Einführung eines zweiten Erzählers eine Gegenstimme, die eine reichere Entfaltung des Themas ermöglicht. Zuweilen wird durch einen dritten Erzähler der polyphone Charakter der Komposition noch gesteigert. Autobiographische Motive sind, bald in größerem, bald in geringerem Umfang, in fast allen Erzählungen Hauptmanns enthalten. *Die Spitzhacke, ein phantastisches Erlebnis* (1930) ist bis in die letzte Zeile erfüllt von der im Weingeist sich bildenden und auflösenden Magie des väterlichen Hauses, aus welcher sich der Ich-Erzähler nur mühsam in die Wirklichkeit zurückfinden kann. Im übrigen wird — sieht man von dem kaum verschlüsselten *Buch der Leidenschaft* (1930) ab — streng geschieden zwischen der autobiographischen Darstellung, wie sie *Das Abenteuer meiner Jugend* (1937) vermittelt, und den Erzählungen und Romanen, in denen eigene Erlebnisse frei verarbeitet werden. In der Erzählung *Die Hochzeit auf Buchenhorst* (1932) und in dem Roman *Im Wirbel der Berufung* (1936) ist der Anteil des Selbsterlebten stärker als in der hier vorliegenden Erzählung *Der Schuß im Park*. Und doch stecken auch in dieser Geschichte mehr persönliche Momente und atmosphärische Einflüsse der Zeit als bisher bemerkt oder hervorgehoben wurden.

Als ein Nebenwerk im Schaffen Gerhart Hauptmanns, nicht sehr gewichtig und doch bezeichnend und in seiner Art bedeutsam, so bietet sich die im Dezember 1938 entstandene Novelle *Der Schuß im Park* dar. Diktiert wurde sie im Januar 1939 in Rapallo. Äußerlich sah das Leben des Sechsundsiebzigjährigen hell und behaglich aus. Der Dichter, der den Sommer wie fast in jedem Jahr teils in seiner schlesischen Hausburg, dem Wiesenstein in Agnetendorf, teils auf der Insel Hiddensee verbracht hatte, konnte mit dem poetischen Ertrag dieser Monate zufrieden sein. Nach langer angestrengter Arbeit war die fünfte (letzte) Fassung der dramatischen Dichtung *Die Tochter der Kathedrale* fertig geworden. Eine neue Novelle *(Mignon)* begann Gestalt anzunehmen.

An einem Nachmittag im November zeigte Gerhart Hauptmann dem Freunde C. F. W. Behl sein schönes, stilles Arbeitszimmer, das er im Obergeschoß des Hotels Excelsior bewohnte. Es bot sich von dort ein weiter Blick über die Bucht von Rapallo. Die Gedanken jedoch, die den Dichter bewegten, standen im Gegensatz zu der heiteren Naturstimmung dieser Stunde. Vor einem Monat war der Jugendfreund Max Müller gestorben (Urbild des Kühnelle in der Erzählung *Die Hochzeit auf Buchenhorst).* Auch Rudolf G. Binding, mit dem sich Hauptmann noch Ende Juni in Frankfurt am Main unterhalten hatte, war nun tot. „Ein tiefer Schatten", so berichtet Behl unter dem 13. November 1938 in seinem Tagebuch, „fiel auf unsere Gespräche durch die Nachrichten von den wilden Ausschreitungen und Synagogenbränden in Deutschland. Hauptmann äußerte sich voller Sorge und Abscheu. Dann verspann er sich in Erinnerungen, als der plötzliche Tod Bindings erwähnt wurde, und zog ein kleines Büchlein aus seiner Rocktasche, in dem er seit langem die Toten jedes Jahres notiert. Es ist, wie er sagte, ein Memento und steht im Zeichen eines immerwährenden Abschieds."

Ein Memento besonderer Art stellt auch die Geschichte *Der Schuß im Park* dar. Sie soll auf einem Vorfall beruhen, der sich tatsächlich ereignet hat. Annie Pollak, des Dichters Sekretärin in den letzten siebzehn Jahren seines Lebens, erzählte, als die Arbeit in Rapallo einmal stockte, die fast filmisch grell anmutende Geschichte von einem Freiherrn, der zu gleicher Zeit zwei Ehefrauen hatte: eine afrikanische Negerin und eine Dame aus altem schlesischem Adel. Gerhart Hauptmann, der ein leidenschaftlicher Zuhörer war, griff den Stoff sofort auf. Er ließ in einem ihm vertrauten Lebenskreis einen schon vom Tode gezeichneten schlesischen Forstmann die abenteuerlich-skandalösen Vorgänge seinem Neffen erzählen, und aus dem Munde dieses etwa dreißigjährigen Mannes erfahren wir sie.

Locker, fast nachlässig ist die Geschichte gefügt, mit abschweifenden Erklärungen und Stockungen, Aufschüben, die unabsichtlich wirken und die doch nicht nur die Spannung erhöhen, sondern auch einen hohen Kunstverstand beweisen. Die einzelnen in sich geschlossenen Teile werden zwischendurch motiviert, so wenn es von der Geschichte heißt: „An ihrem Aufbau und einigermaßen klugen Zusammenhalt konnte man merken, daß er sie oft erzählt und so in der Form mehr und mehr vervollkommnet hatte." In der Lust des alten Forstmannes, eine Geschichte zu erzählen, steckt Lebenslust, eine letzte aufbrandende Lebensgier angesichts der Gräber des Friedhofs, neben denen bald sein eigenes Grab geschaufelt wird. Das Barockelement dieser von vielen kleinen autobiographischen Einzelheiten und Anklängen durchsetzten Erzählung tritt am Schluß, der wie aus dem Grabe erzählt wird, besonders schön und eindringlich hervor. Der junge Erzähler fühlt sich mit dem alten Forstmann über den Tod hinaus verbunden: „Mir war, als hätten wir beide ein Geheimnis, der Tote und ich, und wären durch eben das gleiche verhaltene Lächeln verbunden."

Gerhart Hauptmanns Kunstverstand und seine Menschlichkeit offenbaren sich nicht zuletzt darin, daß die Geschichte, die offen bleibt und nirgends über den Gesichtskreis des Erzählers und Nacherzählers hinausgeht, den Tendenzen der Hitlerzeit in vielem widersprach. Nach der Erstausgabe lief man, wie F. A. Voigt berichtet, „gegen dieses angeblich rasseschänderische Werk Sturm, aber man verbot es nicht, ja ließ es in der großen siebzehnbändigen Ausgabe, die ohnehin nur in die Hände weniger kam, abdrucken. Jedoch wurde für jede weitere Sonderausgabe das Papier verweigert". In einer langen anonymen Besprechung der in Bayreuth erscheinenden Zeitschrift *Bücherkunde* vom November 1942 wird die Liebesbeziehung des deutschen Barons mit der Negerin als „unnatürlich" und seine Flucht als unehrenhaft bezeichnet. Besonders heftig wird die Baronin getadelt, weil sie die Negerin wie eine Ebenbürtige behandelt und ihrem

Nachwuchs, „dem Erzeugnis der Rassenschande eine ihm blutsmäßig fremde europäische Kultur vermitteln“ läßt. Man hält dem achtzigjährigen Gerhart Hauptmann vor: „Eine rassenbewußte Frau unserer Zeit würde anders handeln.“

Man wird dieses groteske Urteil einer fanatischen Engstirnigkeit im Gedächtnis behalten, ohne deswegen in den Fehler zu verfallen, in der Novelle *Der Schuß im Park* einen Ausdruck des Widerstandsgeistes zu sehen. In der merkwürdigen Mischung von sich aufbäumender Lebenskraft und Verdüsterung steckt etwas von der zwielichtigen Atmosphäre der Zeit und der Stimmung Gerhart Hauptmanns vor Ausbruch des zweiten Weltkriegs. Betrachtet man die Arbeit in einem weiteren Zusammenhang, so erscheint sie wie ein Luftholen vor den großen dunklen Alterswerken, vor allem der Atridentetralogie und ihrer aus eigenem Schmerz neu erschaffenen Leidenswelt.

*Kurt Lothar Tank*

# Gerhart Hauptmann

IN RECLAMS UNIVERSAL-BIBLIOTHEK

*Der arme Heinrich.* Drama. Nachwort von Fritz Martini. 94 S. UB 8642

*Bahnwärter Thiel.* Novellistische Studie. Nachwort von Hans von Hülsen. 48 S. UB 6617 – dazu *Erläuterungen und Dokumente.* Herausgegeben von Volker Neuhaus. 54 S. UB 8125

*Fasching. Der Apostel.* Novellen. Nachwort von Karl S. Guthke. 63 S. UB 8362

*Florian Geyer.* Tragödie. Nachwort von Fritz Martini. 174 S. UB 7841

*Michael Kramer.* Drama. Nachwort von Fritz Martini. 80 S. UB 7843

*Schluck und Jau.* Komödie. Nachwort von Kurt Lothar Tank. 94 S. UB 8655

*Der Schuß im Park.* Novelle. Nachwort von Kurt Lothar Tank. 94 S. UB 8672

*Und Pippa tanzt!* Ein Glashüttenmärchen. 67 S. UB 8322

*Erläuterungen und Dokumente* zu »Der Biberpelz«. Herausgegeben von Werner Bellmann. 104 S. UB 8141

*Erläuterungen und Dokumente* zu »Die Ratten«. Herausgegeben von Werner Bellmann. 183 S. UB 8187

Philipp Reclam jun. Stuttgart

# Romane der deutschen Literatur

IN RECLAMS UNIVERSAL-BIBLIOTHEK

---

Auswahl

**Ebner-Eschenbach,** *Das Gemeindekind.* 222 S. UB 8056

**Eichendorff,** *Ahnung und Gegenwart.* 405 S. UB 8229 – *Dichter und ihre Gesellen.* 312 S. UB 2351

**Fontane,** *Cécile.* 277 S. UB 7791 – *Effi Briest.* 349 S. UB 6961 – *Frau Jenny Treibel.* 225 S. UB 7635 – *Graf Petöfy.* 247 S. UB 8606 – *Irrungen, Wirrungen.* 184 S. UB 8971 – *Mathilde Möhring.* 142 S. UB 9487 – *Die Poggenpuhls.* 126 S. UB 8327 – *Schach von Wuthenow.* 168 S. UB 7688 – *Der Stechlin.* 485 S. UB 9910 – *Stine.* 124 S. UB 7693 – *Unwiederbringlich.* 309 S. UB 9320

**Gellert,** *Leben der schwedischen Gräfin G***.* 176 S. UB 8536

**Goethe,** *Aus meinem Leben. Dichtung und Wahrheit.* Bd. 1. 843 S. UB 8718. Bd. 2. 432 S. UB 8719 – *Die Leiden des jungen Werther.* 160 S. UB 67 – *Die Wahlverwandtschaften.* 269 S. UB 7835 – *Wilhelm Meisters Lehrjahre.* 661 S. UB 7826 – *Wilhelm Meisters theatralische Sendung.* 389 S. UB 8343 – *Wilhelm Meisters Wanderjahre.* 565 S. UB 7827

**Gotthelf,** *Uli der Knecht.* 552 S. UB 2333

**Grimmelshausen,** *Der abenteuerliche Simplicissimus Teutsch.* 775 S. UB 761

**Gutzkow,** *Wally, die Zweiflerin.* 477 S. UB 9904

**Hauff,** *Lichtenstein.* 453 S. UB 85

**Heinse,** *Ardinghello und die glücklichen Inseln.* 719 S. 32 Taf. UB 9792

**Helwig,** *Im Dickicht des Pelion.* 237 S. UB 8705 – *Raubfischer in Hellas.* 192 S. UB 8684 – *Reise ohne Heimkehr.* 375 S. UB 8706

**Hölderlin,** *Hyperion.* 184 S. UB 559

**Hoffmann,** *Die Elixiere des Teufels.* 184 S. UB 192 – *Lebens-Ansichten des Katers Murr.* 517 S. UB 153

**Jean Paul,** *Leben des Quintus Fixlein.* 328 S. UB 164 – *Siebenkäs.* 800 S. UB 274

**Kretzer,** *Meister Timpe.* 311 S. UB 9829

**La Roche,** *Geschichte des Fräuleins von Sternheim.* 416 S. UB 7934

**May,** *Der Geist des Llano estakado.* 352 S. UB 8235

**Meyer,** *Jürg Jenatsch.* 276 S. UB 6964

**Moritz,** *Anton Reiser.* 568 S. UB 4813

**Müller, R.** *Tropen.* 438 S. UB 8927

**Nicolai,** *Sebaldus Nothanker.* 616 S. 22 Abb. UB 8694

**Novalis,** *Heinrich von Ofterdingen.* 255 S. UB 8939

**Raabe,** *Die Akten des Vogelsangs.* 240 S. UB 7580 – *Altershausen.* 157 S. UB 7725 – *Die Chronik der Sperlingsgasse.* 223 S. UB 7726 – *Das Odfeld.* 291 S. UB 9845 – *Pfisters Mühle.* 253 S. UB 9988 – *Stopfkuchen.* 247 S. UB 9393

**Reuter,** *Schelmuffsky.* 207 S. UB 4343

**Rosegger,** *Als ich noch der Waldbauernbub war.* 314 S. UB 8563

**Schlegel, D.,** *Florentin.* 325 S. UB 8707

**Schlegel, F.,** *Lucinde.* 119 S. UB 320

**Schnabel,** *Insel Felsenburg.* 607 S. UB 8419

**Sealsfield,** *Das Kajütenbuch.* 528 S. 8 Abb. 2 Kt. UB 3401

**Tieck,** *Franz Sternbalds Wanderungen.* 584 S. 16 Taf. UB 8715 – *Der Hexensabbat.* 336 S. UB 8478 – auch geb. – *Vittoria Accorombona.* 416 S. UB 9458 – *William Lovell.* 744 S. UB 8328

**Wieland,** *Geschichte der Abderiten.* 400 S. UB 331 – *Geschichte des Agathon.* 687 S. UB 9933

---

Philipp Reclam jun. Stuttgart